紫式部はなぜ主人公を源氏にしたのか

Izawa Motohiko
井沢元彦

PHP

はじめに

今これを読んでいる方は日本史に興味がある方だと思います。

では、ここで一つ質問です。

今の日本の歴史教科書では、本当の日本史をまったく伝えていないことをご存じでしょうか?「そんなバカな!」「信じられない!」と思われるでしょうが、事実です。これから、その事実をわかりやすい事例で証明しますので、ちょっとお付き合いください。いや、そんなに時間はかかりません。

思い出してください。戦国時代の日本に鉄砲(火縄銃《ひなわじゅう》)が伝来した時、各大名は争って鉄砲を手に入れようとしましたね。織田信長のように大量に採用した大名もいれば、そうでない大名もいましたが、鉄砲に無関心の大名はいなかった。理由は簡単で、弓矢や刀槍《とうそう》しかない戦いの中で鉄砲があれば圧倒的に有利だからです。飛びついたのは当然です。

その戦国時代が終わって約二百六十年間、日本は平和でした。いわゆる江戸時代ですが、その末期に黒船来航という事態がありました。黒船というのは鉄で装甲《そうこう》した蒸気船のことで、いわゆる欧米列強の戦艦ですが、彼らはライフル銃を持っていました。

ライフル銃と火縄銃の違いはご存じでしょうか、火縄銃は単発銃で操作が面倒なうえに雨の中では使えません。ライフル銃は射程距離も長く雨の中でも使える連発銃です。つまり火縄銃に比べてライフル銃はあらゆる点で優れているわけです。

しかし、ここで思い出してください。では、幕末の日本人は戦国時代の日本人のようにライフル銃に飛びつきましたか？　もちろん飛びついた人たちもいますが、新撰組のように、あるいは会津藩のように最後の最後まで刀にこだわり、ライフル銃に頼らない人達もいました。おかしな話ですね。火縄銃でライフル銃に勝てるわけがない。それなのに幕末の日本ではなぜ戦国時代のように、ライフル銃があっというまに普及しなかったのでしょうか？

この問題を考えてみたことがありますか？　そもそも問題自体に気が付かなかったのではありませんか？　実は今の日本の歴史の教え方ではこれがわからないようになっているのです。なぜなら、いわゆる歴史学者の先生方はすべて各時代の細かい分野の専門家であって、歴史の全体を通して見ている人は誰もいないからです。本当の話ですよ。

私は歴史学者ではありません。歴史家と名乗っています。そう名乗る理由は、おわかりでしょう。私は全体を見ているからです。

だから、戦国時代の日本人は火縄銃に飛びついたのに、なぜ幕末の日本人の中にはライフル銃を無視する連中もいたのかという質問に、明確に答えられます。それは、江戸時代の二百六十年間は日本の中で特に儒教およびそれを強化した朱子学が基本教養とされた時代だったからです。

どうしてそうなったかは長くなるので省きますが、簡単にいえば徳川家康が朱子学に目をつけたのは忠孝絶対の教えだからです。「忠」つまり忠義とは主人を絶対裏切らないということです。そして「孝」つまり孝行というのは自分を産み育ててくれた親、その親である先祖に従えということです。

親孝行は結構なことじゃないかとお考えになるかも知れませんが、中国ではこれが極端になり、先祖の決めたことを子孫がみだりに変えるのは、先祖に対する批判であり「孝」に反する悪であると考えるようになりました。「先祖の決めたルール」つまり「祖法《そほう》（先祖の法）」が絶対ということになってしまったのです。

なぜライフル銃が優れているのに火縄銃にこだわるのか、火縄銃を使うというのが祖法だからです。江戸時代ずっと日本と交流を持っていた西洋の国オランダは、黒船の時代になると鎖国は危険だという忠告を幕府にしました。これは「オランダ国王の開国勧告」として高校の教科書にも載っていますが、幕府が何を理由に「開国」を拒絶したかは載せられていません。実は**幕府の拒絶回答には「鎖国は祖法だから変えられない」と明記してあります**。これも本当の話です。

ではなぜそれが教科書に載せられていないのかおわかりですよね。各分野の専門家に過ぎない歴史学者は、そもそも戦国時代と江戸時代でも個別に研究していますから、こうしたことに気が付きもしないし、ましてや朱子学の影響ということもまったく無視しています。

おわかりでしょう、彼ら歴史学者は日本史がわかっていないのです。

実は『源氏物語』の歴史も、日本の歴史学者がいかに日本史をわかっていないかという証拠の一つなのです。

まずは「安和の変」という事件をご存じでしょうか？　インターネット上の百科事典ウィキペディアには冒頭「安和の変（あんなのへん）は、平安時代の九六九年（安和二年）に起きた藤原氏による他氏排斥事件。源満仲らの謀反の密告により左大臣源高明が失脚させられた。以後、摂政・関白が常設されることとなった」とあります。補足しますと、まず大前提として日本は神の子孫である天皇が統治する国であるということが信仰として確立していたので、たとえ藤原氏といえども天皇家を滅ぼして天皇になるわけにはいかず、次善の策として娘を天皇家に嫁がせ、生まれた子を次の天皇にするというやり方で権力を確保するしかなかったということですね。

もちろんその野望は天皇家の側もわかりますから優秀な天皇はなんとか藤原氏に対抗する勢力を育てようとします。宇多《うだ》天皇に見いだされ右大臣にまでなった菅原道真《すがわらのみちざね》もその一人ですが、藤原氏は道真に無実の罪を着せて都から追放しました。こういうことを「藤原氏による他氏排斥」と言います。

その藤原氏の前に、最大最強のライバルとして立ちふさがったのが、実は源氏（賜姓《しせい》源氏）でした。天皇が自分の子供に「源《みなもと》」という姓を下賜《かし》（与えること）して家臣の籍におろし左大臣や右大臣に登用し藤原氏の専横を防ごうとしたのです。ところがその最後のエースともいうべき源高明《たかあきら》も、藤原氏の陰謀によって都から追放されました。これが安和の変で、それ以降、藤原氏は摂政や関白となって天皇家をコントロールする、藤原摂関政治を確立したわけです。

『源氏物語』が書かれた時代はこの時代から数十年後の藤原氏の勝利が確定した時期です。藤原氏の大勝利を象徴する藤原道長《みちなが》の娘で、天皇の中宮となった彰子《しょうし》に仕える女官、紫式部が『源氏物語』の作者です。

ところが、紫式部はよりによって藤原氏の最強の敵だった源氏が勝つという話を書いているのです。簡単にいえば『源氏物語』とは、光源氏と呼ばれた賜姓源氏の一人だと明記された主人公が、明らかに藤原氏とみられるライバルを押しのけて、父である天皇の妻の一人と密通し、生まれた男子が天皇になる。つまり最終的に源氏の血筋が勝利を収めるという話なのです。

この奇妙さが、いや奇想天外さが、あなたにはわかりますか？　本来常識を持っている人間ならわかるはずなんですが、日本の知識を丸暗記させる教育では常識がまったく身につかないので、わからないかもしれません。

では、次のように考えてください。長い戦国時代の最終的な勝者となったのは徳川家康ですよね。では**徳川の天下が確立した江戸時代に、徳川将軍の御台所《みだいどころ》つまり正夫人に大奥で仕える奥女中が「豊臣物語」を書き「豊臣家のプリンスがライバルを倒して天下を統一する」という話を書いたらどうなると思いますか、そもそも書けないでしょう。**こっそ

り書いていたとしてもバレれば間違いなく死刑です。「いや徳川を倒すとまでは書いてません」と言ってもダメですよね、「勝ったのは豊臣」と明記しているのだから。

しかし藤原道長は紫式部が「源氏が勝つ」物語を書いているのを、堂々と応援していて娘にも読ませていたのですよ。

現代でたとえれば、読売ジャイアンツの球団事務所で働く女性が「タイガース物語」という「阪神タイガースが東京の球団、明記はしていないが明らかに読売ジャイアンツとわかる球団をボコボコにやっつけて優勝する」という話を書いてそれが直木賞をとったとして、読売ジャイアンツのオーナーが「君はいいものを書いているね。私も応援してる」なんて言うと思いますか。

でも道長のやったことはそういうことです。外国人ならこんな話は絶対信じません。そんな話が書かれること自体ありえないのですから。

でも現実に『源氏物語』は書かれました。ということは外国と違う「何か」が日本にはあるということですよね。だから冒頭の鉄砲の話と同じで『源氏物語』は日本史の特徴を語るのに絶好の材料なのです。

しかし多くの読者のみなさん、あなたたちはそれに気が付かなかったでしょう？　なぜだと思いますか？　歴史学者がそう教えないからです。彼らはそんな常識に気づきもしないんですが、仮に気づいたとしてそう教えたら、次には「なんでそんな外国では絶対あり得ないことがあり得たんですか？」という質問が来てしまいます。でも彼らは答えられない。だからごまかすしかない。それが彼らの手口です。歴史学者はバラバラの各時代の専門家であって、全体を見ていないから答えられません。

しかし私は全体を見ている歴史家ですから答えられます。

『紫式部はなぜ主人公を源氏にしたのか』

この本を読んでいただければわかります。

みなさん、もうニセモノの日本史に惑わされるのはやめましょう。

紫式部はなぜ主人公を源氏にしたのか

目次

第二章　奈良時代から続く藤原氏の政治手法

第三章 『源氏物語』の不可解な謎

第四章　物語文学は怨霊信仰が生み出した

装丁――片岡忠彦
装丁画像――「紫式部日記絵巻断簡」「源氏物語図扇面画帖」(東京国立博物館蔵)「ColBase」(https://colbase.nich.go.jp/)をもとに作成。
編集協力――水無瀬 尚

第一章

道長はなぜ『源氏物語』を必要としたのか

他氏排斥で成立した藤原摂関家《せっかん》の二百数十年

平安時代の宮廷社会は、権力奪取をめぐる熾烈《しれつ》な闘争の場でした。

ただし、西欧の場合とは違って、王様（天皇のこと）の位をめぐって争っていたのではありません。摂関政治体制においては、天皇そのものはもはや権力者でなく、権力者たらんとする貴族たちは天皇の後ろ盾《うしろだて》となる摂関（摂政・関白）の座をめぐって争いを繰り返します。

次代の天皇を決めるのはその後ろ盾たちでしたから、天皇の権威は事実上、摂政・関白に委譲《いじょう》されていたのも同然で、いつの間《ま》にやら成《な》し崩《くず》し的に、権力の最高位は摂政・関白に置き換えられてしまったのです。

摂関政治とは、藤原摂関家という言葉に象徴される通り、藤原氏が権力の中枢《ちゅうすう》を牛耳《ぎゅうじ》る体制のことで、藤原良房《よしふさ》が摂政となった貞観《じょうがん》八（八六六）年から、退位した天皇である白河上皇が権力を奪還して院政を始めた応徳《おうとく》三（一〇八六）年までの、およそ二百数十年の間のことをいいます。

政治の場には藤原氏の他、菅原氏、橘《たちばな》氏、紀《き》氏、源氏などさまざまな氏族がいましたが、天皇の親任の厚かった菅原道真が藤原時平《ときひら》の陰謀で左遷させられてしまったように、多くの氏族はしだいに藤原氏の巧妙《こうみょう》な政治力によって駆逐《くちく》（藤原氏の他氏排斥）されていきます。

藤原氏は天皇の娘を娶《めと》ったり、一族の娘を入内《じゅだい》させるなどの婚姻関係によって、天皇家ににじり寄っていきました。入内とは、天皇の后《きさき》の候補として内裏《だいり》に入ることで、首尾よく后の地位に昇るためには、天皇との間に男子を産んで次代の天皇の母となる必要がありました。

入内した氏族の娘たちは天皇の男子を出産することを競っていたわけで、その勝利者の多くが藤原氏の娘たちだったことになります。

『源氏物語』が書かれたころにはすでに藤原摂関家が政界を席捲《せっけん》し、藤原氏は他の氏族との抗争を終えていました。すでに、抗争は藤原氏の一族内に移り、同母腹の兄弟間での権力争いが繰《く》り広げられていた時代となっていました。

皇太子を退《しりぞ》かせ、天皇に退位を迫る藤原氏

『源氏物語』が書かれた時代は、藤原氏が政治権力を掌握《しょうあく》した絶頂期ですが、その横暴ぶりの一例を挙げましょう。

わが国の歴史上、ただ一人だけ、正式に皇太子に立てられながらも天皇に即位する前に自ら皇太子を退いた皇子がいます。退いたというより、「退かざるを得なかった」皇子です。

天皇になる前に政争に巻き込まれて皇太子の地位を奪われた皇子は、過去にも何人かがいました。奈良時代の終わりから平安時代初期に存在した、他戸《おさべ》親王、早良《さわら》親王、高岳《たかおか》親王、恒貞《つねさだ》親王という四人の皇子です。兄の桓武《かんむ》天皇に嫌われて冤罪《えんざい》を被《かぶ》せられて廃太子の憂《う》き目《め》に遭《あ》い、淡路《あわじ》国に流される途中で死んだ早良親王の話は有名でしょう。

政争によって皇太子の座を追われたのではなく、自ら退《ひ》いたたった一人の皇子が敦明《あつあきら》親王です。敦明親王が短期間ながら皇太子位にあったのは、十歳にもならない後一条天皇が何もわからないまま皇位に就《つ》いて、その幼帝の外祖父・道長が摂政として政務を取り仕

切っていた時期でした。藤原氏による摂関政治の最盛期です。

絶大な権力者であった道長にとって、敦明は目障《めざわ》りな存在でした。道長は敦明のおじいさん（外祖父）でもなければおじさんでもなく、敦明の父（三条天皇）のおじさんという程度の血の薄いつながりでしかなかったからです。敦明親王が三条天皇の後を受けて次代の天皇になった際には、道長も道長の息子たちも摂政や関白には就けず、「わが世の春」が終わりかねません。

だからこそ、敦明親王が天皇になることを阻止することこそが、道長の喫緊《きっきん》の政治課題であり、その目的のために敦明自身が皇太子の位に嫌気が差すよう、執拗《しつよう》に圧力をかけていきます。嫌がらせを重ねた道長の目的はついに叶えられ、政権内の実力者のいじめに耐えかねた敦明は皇太子の座を自ら放棄した、日本史上唯一のケースとなりました。

道長はそれだけでは満足せず、その上で、敦明親王に諦めさせた皇太子の座を、自分の外孫である後一条天皇の弟・敦良《あつなが》親王に与えます（同腹の弟ですから、敦良親王も当然道長の外孫です）。これによって道長は一族がこの先、政権を失う道を避けられただけでなく、次の天皇の代にも天皇の外祖父である地位を確保しました。

『小右記《しょうゆうき》』（藤原実資《さねすけ》の日記）によれば、敦明親王を皇太子に立てたいと三条天皇が模索

藤原道長および敦明親王をめぐる縁戚関係図

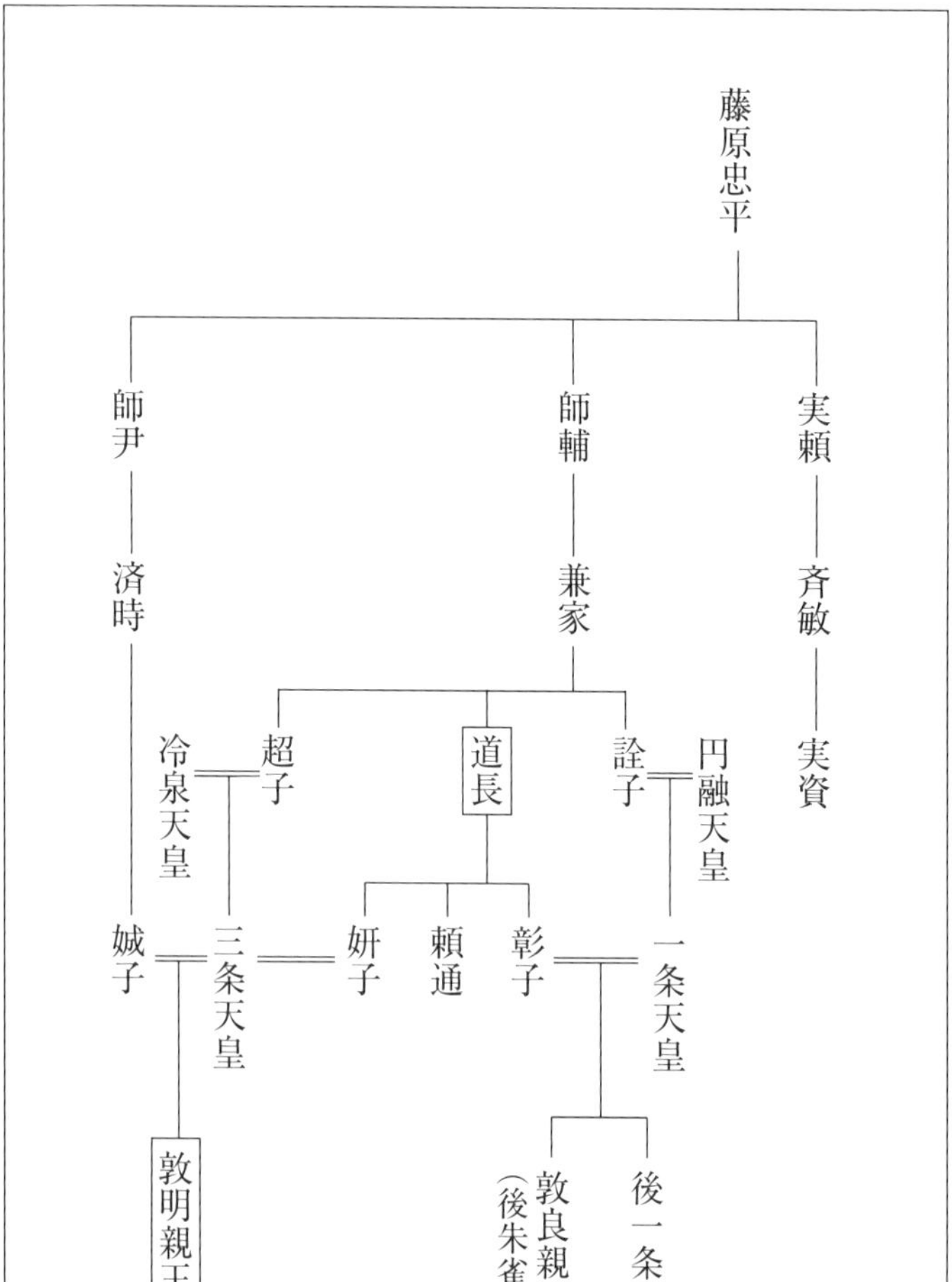

していた時期に、道長は天皇に対して「あなたの皇子たちは天皇としての器量をもってはいません。しかしながら故一条天皇の子・敦良親王は、まさしく天皇となる器量を備えていらっしゃいます」などと大胆にも言い放ったとされます。

一条天皇は道長の娘・彰子《しょうし》の夫です。時に敦明親王は二十二歳で立派な成年、敦良親王はまだ七歳ですから、何をか言わんや、という暴言です。

寛仁《かんにん》元（一〇一七）年、三条天皇の死去によって後ろ盾を失った敦明親王は皇太子の地位を辞退するのですが、これをもって冷泉《れいぜい》天皇の皇統は終焉を迎えます。

道長が退位を強《し》いたのは皇太子だけではなく、あろうことか天皇にも早期の退位を強制しました。犠牲となったのは、この三条天皇です。

『小右記』によると、内裏の火災を引き合いに出して「天道《てんとう》が主上《しゅじょう》を責め奉《たてまつ》る（天が陛下を咎《とが》めています）」と責め立てたとされます。三条天皇に対し退位を促《うなが》す執拗な圧力は続き、天皇が病気がちであることを口実に幾度となく退位を迫っています。『小右記』はそんな道長を「大不忠《だいふちゅう》の人也《ひとなり》」と評しています。

天皇の後見である摂政・関白の座は、天皇の外祖父であることを根拠としています。

天皇の外祖父とは母方の祖父という意味ですが、考えてみれば摂政・関白の条件を天皇の外祖父とするというのは、かなり迂遠《うえん》な方法です。娘が天皇の后になるだけではこの地位は手に入らず、娘が男子を産んで、その子が次代の天皇に即位してはじめて、手に入る権力だからです。

天皇の后になって男子を出産するという、いわば結論の先送りが、そこにはあるわけで、一夫一妻制（モノガミー）ではこの権力者は生まれません。必然的に後宮は一夫多妻制（ポリガミー）である必要があり、摂関家・藤原氏は娘たちが次代の天皇となるべき男子を産んでくれることに、一族の運命を賭《か》けたのです。

権力闘争が生んだ教養ある女房たち

天皇の寵愛《ちょうあい》を一身に受け、妊娠し、その子が男子であるという確率はかなり低いはずで、これはまさに賭博《とばく》に近い勝率でしょう。武力をもって戦うことを放棄した平安時代の、武力に代わる権力闘争の実態が、この「入内戦争」でした。

権力闘争ですから、さまざまな戦略が弄《ろう》されます。神頼みもしますし、呪《のろ》いによってライバル（他氏族から入内した娘）を陥《おとしい》れもしました。

妊娠するためには、当たり前の話ですが、まずは天皇の寵愛を得なければなりません。天皇は一応、女の父親の出自（階層）に従って、自らの夜の情事を配分するのですが、そんなお義理の営《いとな》みではなくて、天皇の心からの愛情を一極集中させて天皇の「夜」をわが娘に独占させたいと、貴族たちは考えます。

そのために配備されたのが、教養と才気を兼ね備えた「女房」という存在です。

藤原道長は、すでに中宮定子《ていし》のサロンにいた女房・清少納言に対抗して、娘・彰子のサロンに紫式部を送り込み、彰子付きの女房としました。その思惑は見事に成功して『源氏物語』が時の一条天皇を魅了したことが、『紫式部日記』に書かれています。

彰子のために用意した女房は紫式部だけでなく、赤染衛門《あかぞめえもん》、和泉式部《いずみしきぶ》といった錚々《そうそう》たる女性文学者たちであったことからも、道長の用意周到な計画がはっきりと見えてきます。

宮廷の権力闘争という生々しい現場において、娘が天皇の子を産むという僥倖《ぎょうこう》を引き出すためには、天皇の関心を常に娘に引きつける必要があります。そのためには娘の周囲にいる女房の魅力的な知力を当てにしたわけです。

ところで当時、漢詩文に関する教養は、男性官人が学問所である大学寮で学ぶものであって、表向きは女たちに求められてはいませんでした。

しかし、そんな超エリートの男たちが、自分たちのよく知る漢詩文のことも知らない無教養な女たちに、魅せられなかったのも事実です。宮廷の男性たちは、自分たちと同様、漢詩文を理解した上で粋《いき》な一言を発してくれるような女性を好みました。

事実、中宮彰子は、紫式部に白居易《はくきょい》の漢詩文集『白氏文集《はくしもんじゅう》』の指南を依頼しています。「家庭教師」でもある女房・紫式部はそれに応え、男の気を引きつける媚薬《びやく》としての「教養」を彰子に授けたはずです。

才能ある女たちの才芸はそれぞれの家庭内での教育で培《つちか》われ、男たちを魅了する教養を身につけた女たちは、宮廷人の栄華を支える教養人として宮中に雇われたのだと言えます。

宮廷に女房として仕える女性たちは、限られた存在の貴重な知識人として認められていました。

『紫式部日記』によれば、『源氏物語』を読んだ一条天皇が「この人《ひと》は日本紀《にほんぎ》をこそ読《よ》みたるべけれ。まことに才《ざい》あるべし（この人は『日本書紀』を読んでいるようだ。本当に学識のある人だ）」と褒《ほ》めたために、同僚の女房たちから「日本紀の御局《みつぼね》」とあだ名をつけられた、とのエピソードが記録されています。そのことを裏づけるように、漢学者の父の指導で幼少期から漢文を読み習わされてきたことも、同書で打ち明けています。

『源氏物語』ほどの長い物語を書ける人間であれば、漢籍についての学識もあるだろうというのが、当時のおおかたの見方でした。『源氏物語』の桐壺《きりつぼ》帝と桐壺更衣《こうい》の恋物語の下りに、『白氏文集』に収録された中国・唐の玄宗皇帝と楊貴妃《ようきひ》の物語である『長恨歌《ちょうごんか》』が引用されていることからも、そのことは納得できます。

武力にモノを言わせることのできなかった時代です。

平安貴族のサバイバル作戦として、和歌や物語を生み出すことのできる教養ある女性たちが、宮廷内に巧妙に組み込まれていった、と言えるでしょう。

定子が皇子を産む一週間前に入内立后《りっこう》された彰子

後年、『更級日記《さらしなにっき》』の作者・菅原孝標《すがわらたかすえ》の女《むすめ》は、女の幸せについてこのようなことを書いています。

『源氏物語』を全巻借り出し、一巻から順に一人で朝から晩まで、眠くなるまで読み耽《ふけ》ることの幸せたるや、「后の位に昇ることなど何ほどでもない（后《きさき》の位《くらい》も何《なに》にかはせむ）」。ということは、当時の女の究極の幸せは、やはり天皇の后になることだと考えられていた、ということになります。

一例を挙げれば平安後期に成立した『とりかへばや物語』は、男女の兄妹《きょうだい》がジェンダーを取り換えて世に出、男として活躍した主人公が女の姿に戻った後に天皇に入内して寵愛を受けて第一皇子を出産し、その子の東宮《とうぐう》（皇太子）即位をもって后の位に昇りつめるお話です。女主人公が后となることで究極のハッピーエンドとなるのは、物語世界のお約束だったのです。

一夫一妻制でない以上、正妻である皇后というのは、数ある女御《にょうご》の中から選ばれて、あくまで後から決まる存在です。

女たちは皇后候補として女御となって内裏へ入るわけですが、ただ一人というわけではありません。

女御に加え、更衣、尚侍《しょうし》、宣旨《せんじ》などという役職を伴って入内する女たちも多くいました。『源氏物語』は、天皇の着替え担当の役職に就いていた女が、天皇の寵愛を受けて光源氏を産むという話ですが、さまざまな役職に就いて天皇の世話をする女たちが天皇の子を産んで地位を固めていったのです。

通常、女御は天皇の子の出産をもって后の位に就くのですが、女御の父親が最高権力者である場合、出産を待たずして后にしてしまうケースもあり、道長の娘・彰子の場合がそうでした。彰子は一条天皇の後宮に入内してすぐに、まだ子を産んでいないのにもかかわらず立后の宣命が下って中宮となっています。

一条天皇の前の中宮・定子はすでに第一皇子を産んでいましたが、西暦一〇〇〇年に死亡。新中宮・彰子が第二皇子を産むのは、定子の死から八年も経ってからです。

年若くして入内した彰子の地位を盤石《ばんじゃく》なものにするために、あらかじめ皇后の位に就けておく必要があったに違いありません。彰子が後に男子を産んだために、この立后（后となること）は後になって辻褄《つじつま》が合うことになります。

定子が第一皇子を産む一週間前に入内してすぐに立后したのが、道長の娘・彰子であることが、実は『源氏物語』誕生に大きくかかわってきます。

后であること、皇子を産んだことにおいて、定子も彰子も立場は同じで、第一皇子と第二皇子のいずれが東宮に即位するか――普通なら第一皇子の即位が順当ですが、彰子の子が皇太子に即位したのはひとえに彼女の父親が時の権力者・道長であったからです。

女たちの幸せは畢竟《ひっきょう》男たちの権力闘争の中にあり、入内して天皇の子を成したとしても人生のハッピーエンドを迎えられなかった、定子のような女たちもいたわけです。『源氏物語』で、紫の上が光源氏と結婚して子を産まない女に設定されたのは、既定路線だった女たちの幸せへのアンチテーゼであったかもしれません。

上級貴族の父親は娘が誕生した瞬間から、将来の天皇の后をなることを夢見ていました。道長の父・兼家《かねいえ》は四人の娘のうち三人までを天皇、または皇太子に嫁《とつ》がせています。最初に正妻との間にできた長女・超子《ちょうし》を冷泉天皇の後宮に入内させた時、兼家は令外《りょうげ》の官《かん》である蔵人頭《くろうどのとう》でしかなかったのですが、初めて公卿《くぎょう》（三位以上の貴族）でない家の娘が女御宣下《せんげ》を受けて、見事親王が誕生し、後にめでたく天皇の外戚《がいせき》となることができました。

続いて次女の詮子《せんし》が円融《えんゆう》天皇の女御として入内。三女の綏子《すいし》も皇太子となっていた居貞《おきさだ》親王（後の三条天皇）に嫁がせます。

兼家の息子たちの長男・道隆《みちたか》、三男・道兼《みちかね》、四男・道長も、父同様に娘たちを入内させることを悲願として熱心に取り組みます。

入内した女性たちの呼称を整理しておきましょう。

天皇と藤原氏の関係

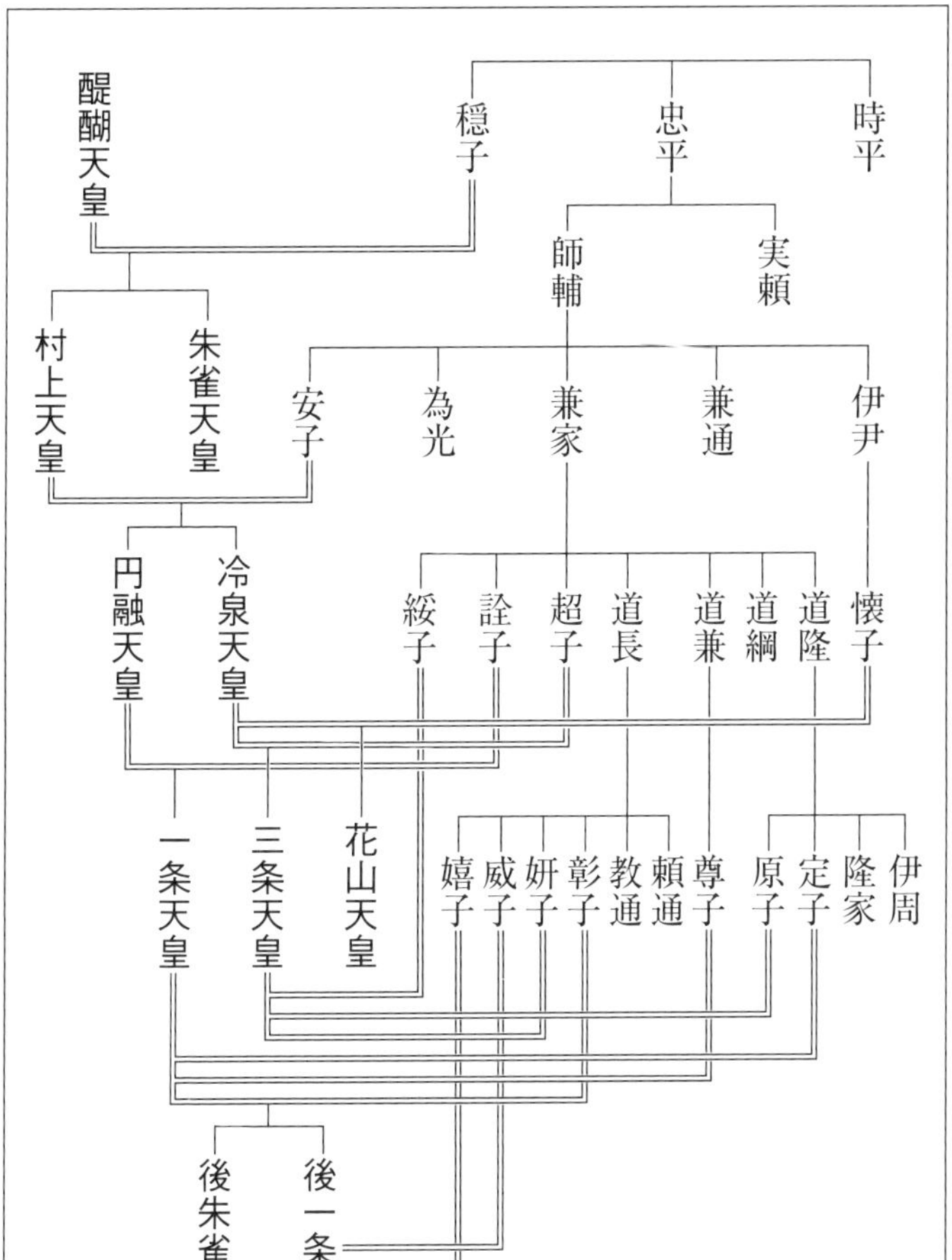
醍醐天皇
穏子
忠平
時平
師輔
実頼
村上天皇
朱雀天皇
安子
為光
兼家
兼通
伊尹
円融天皇
冷泉天皇
綏子
詮子
超子
道長
道兼
道綱
道隆
懐子
一条天皇
三条天皇
花山天皇
嬉子
威子
妍子
彰子
教通
頼通
尊子
原子
定子
隆家
伊周
後朱雀天皇
後一条天皇

・中宮――皇后・皇太后の総称。

・女御――中宮に次ぐ天皇の夫人の地位。住む殿舎の名によって区別されます。

・更衣――本来は「便殿《べんでん》（天皇の休息のために設けられた御殿）」詰めの女官でしたが、後に天皇の寝室にも奉仕する女御に次ぐ地位に改められます。

・尚侍――天皇への取り次ぎをする女官でしたが、日常、天皇の側で仕えることから、寵愛を受けることが多く、女御、更衣に準ずる地位になりました。

・御息所《みやすどころ》――更衣に次ぐ天皇の夫人。親王や内親王を出産した女性や、皇太子妃・親王妃も指します。

・御匣殿《みくしげどの》―御匣殿別当の略。元は装束《しょうぞく》を裁縫する女官たちの局《つぼね》でしたが、後に御息所に次ぐ天皇の婦人を示すようになりました。

藤原氏の娘であっても入内当初は女御ではなく、更衣や尚侍という地位の者もいました。

天皇を凌《しの》ぐ女院となった藤原家の女たち

宮中の女たちの話を続けます。

紫式部が宮中に仕えていた時期は、道長が娘・彰子を一条天皇の許《もと》に入内させ、見事彰子の産んだ子が皇太子を経て次の天皇となり、母方の外戚としての絶対権力を固める時に当たっていました。

天皇という皇統の宮中に、貴族の娘たちが入り込んでいくだけでなく、彼女らは天皇の母であることをもって「国母《こくも》」と言祝《ことほ》がれ、新しい権力を得ることになります。それが女《にょ》院《いん》です。

女院なる地位の創設は、藤原摂関家を盤石なものにするための、画期的な戦略だったといえます。一介の臣下であるにすぎない藤原氏が天皇の妻の座、ひいては母の座を獲得したことで、天皇を思いのままに操《あやつ》れるからです。

院とは退位した天皇の就く位。その女性版である女院は、いつしか実質的に天皇の権限を簒奪《さんだつ》するほどの力をもち、それは時にして「女帝」と同意語にも成り得る存在となっていきます。

その位が藤原一族の娘たちによってもっぱら独占されたのですから、藤原氏の力恐るべしということになります。

女院の制は、一条天皇を産んだ母・藤原詮子（道長の姉）が夫・円融院の死後に出家し、正暦《しょうりゃく》二（九九一）年に皇太后から女院という、まったく新しい最高位を獲得したことから始まります。

詮子が国家の政治的決定にたびたび介入し、道長を押し立てつつ絶大な権力を行使する様子は、道長の遺した日記『御堂関白記《みどうかんぱくき》』からも読み取れます。

また、三蹟《せき》の一人としても知られる藤原行成《ゆきなり》の日記『権記《ごんき》』の長保元《ちょうほう》（九九九）年の条には、彰子の立后を一条天皇に促す仲介役を、詮子（東三条院）が請け負ったことが書かれており、さらに同書の翌年の記録には、「詮子、時の皇后宮・遵子《じゅんし》、一条天皇中宮・定子の三人は、みな出家しているので神事を行うことが適《かな》わないとの理由から、行成自ら一条天皇に彰子の立后を説き伏せた」とあります。行成のこうした動きの背景に道長と彼の姉・詮子がいたことは、明らかです。

そして、詮子女院の後を受けて女院を号したのが、道長が送り込んだ、一条天皇后の彰子でした。彰子は、万寿《まんじゅ》三（一〇二六）年の出家に伴い上東門院の号を得ますが、それは後一条天皇の母（国母）として女院であったからです。

ところが子を産まない后はどういう存在であったのか――。皇后宮・遵子の例を見てみましょう。

天皇との間の子の出産より前に皇后の位に就けるやり方は一条天皇の父・円融天皇の後宮から始まりますが、時の関白・藤原兼通《かねみち》の死後、兼通のいとこ頼忠《よりただ》が関白職に就き、娘遵子を入内させると、兼通の弟兼家は巻き返しを図ってすかさず娘詮子を入内させます。

円融天皇の中宮・媓子《こうし》が没した後、詮子は皇子を産みます。後の一条天皇です。

媓子没後に空席となった后の位に誰が就くか。おおかたの予想は皇子を産んだ詮子でしたが、詮子の父兼家の役職は右大臣にすぎず、遵子の父親頼忠が太政大臣である上に関白でもあったことをもって、遵子の立后が決まります。世間の目は厳しく、子を産んでいない遵子をさげすんで「素腹《すばら》の后《きさき》」と陰で悪口を言っていたと、『栄花物語』などに記されています。

遵子は結局天皇との子を成すことなく、円融天皇の譲位後、花山、一条、三条、後一条と、天皇の代替わりを見届ける形で、長く后の地位を保ちます。

皇后の位よりさらに上の地位として女院が生まれ、国母として称揚《しょうよう》されるようになると、皇后位は価値を落とし、「素腹の后」では価値がないことになっていきました。

藤原氏はその絶頂時代の道長の時代に自分の娘を三人までも皇后として立て、その娘の産んだ子を天皇にしています。

権力の頂点を迎えた時代に詠《よ》まれた道長の自作の歌が、あの有名な「この世をば　わが世とぞ思ふ　望月の　欠けたることも　なしと思へば」です。

最近では異説もありますが、私はやはり従来の通説が正しくこの歌は、一族の中のライバルとして自分に批判的な目を向けていた藤原実資《さねすけ》に対して、「この歌の返歌を寄こしてみろ」と言い放って、詠まれたものだと考えます。「この世のことは満月が少しも欠けたことのないように、すべて私の思い通りになるのだぞ」との歌に対して、道長を長く批判してきた実資ももはや反論するすべはなく、悔しさをこらえてその歌を、道長の前で唱和したと伝えられています。

藤原氏は自分たちの思い通りに振る舞うために、一族に反抗的な態度を取る天皇を、嫌がらせの末に退位に追い込んだことが史料に残されていますから、権謀術数《けんぼうじゅっすう》に長《た》けた一族であったことは確かです。

しかし藤原氏の専横ぶりを支えていたのは、それだけではありません。

権力者が権力を握るためには膨大な手持ちの財力が必要であるのは、今も昔も変わりなく、藤原氏の財力は臣下の中で突出しています。はるか奈良時代から延々と蓄えられた、藤原氏の財力の秘密を解く鍵が、「荘園《しょうえん》」です。

もともと日本は大化の改新以来、公地公民制で、土地も人民もすべて天皇家のものでした。臣下の者はたとえ最高の位に就いた貴族であっても、土地や人民を私有することはできないというのが、日本の掟《おきて》でした。

すべては「荘園」から始まった

少し日本史を振り返ってみます。

公地公民制に風穴を開けたのが、奈良時代に発せられた「三世一身法《さんぜいっしんほう》」養老《ようろう》七（七二三）年、そしてそれに続く「墾田永年私財法《こんでんえいねんしざいほう》」天平《てんぴょう》十五（七四三）年でした。

三世一身法は、国有地の開拓が容易に進まないので、個人が自発的に開墾《かいこん》をすれば三代に限っての所有を許すというもの。そして三代という時間もまだ経っていない二十年後に、今度は三代ではなくて、開墾した土地は永久にその人の子孫が所有できるとする法律が発布されました。

時の担当大臣は、民部卿《みんぶきょう》だった藤原仲麻呂《なかまろ》（恵美押勝《えみのおしかつ》）です。藤原氏の思慮深いところはここで、国家の財産（生産性のある土地）は全部天皇家のものであるという制度を打ち壊し、開墾すれば開墾者のものにもできるという形を作ったことです。開墾者の代表格が有力氏族・藤原氏であったのは、当然のことでしょう。

これが奈良時代における藤原氏の圧倒的な蓄財につながるのですが、平安時代に入るとさらに、開墾した私有地は無税にすることを国家から勝ち取ります。

公地公民制では原則として、口分田《くぶんでん》と言われる国家から借りた田んぼを耕し、その賃料として「祖《そ》」という「税」を払っていました。

貨幣経済の時代ではありませんから、当然、現物です。仮に国家が定めた税率が五割だったとして、藤原氏が作った荘園の小作人になれば藤原氏に納める税は三割でよいということになったら、農民はどうするでしょうか。二割も安いのですから、藤原氏の荘園の小作人になるでしょう。

こうして国家財政の源《みなもと》である口分田を耕す人間はどんどん減っていき、土地も人民もみな藤原氏に吸収されていきました。荘園とは「合法的な脱税システム」なのです。はるか後の室町時代の本ですが、『神皇正統記《じんのうしょうとうき》』の中で著者の北畠親房《ちかふさ》は「日本の公地は百に一つしかない」と嘆いています。九九パーセントが国家の管理が及ばない荘園となってしまった、ということです。

実際、平安時代にはすでに、国家つまり天皇家には国家を運営する何の予算もなく、国家の行政機構を維持するどころか、国の正門であり顔とも言うべき羅城門《らじようもん》ですら、補修できずに荒れるに任せておかざるを得ない状況でした。

黒澤明《くろさわあきら》の『羅生門《らしようもん》』で描かれた、盗賊多襄丸《たじようまる》がいる、あの朽《く》ちはてた門がそれです。映画では、門の下を寝ぐらとするホームレスたちが門の建材を引っぺがし、たき火の燃料として暖を取っていました。

日本の中にまったくお金がなかったわけではありません。金はあるところにはあるもので、藤原氏は一族のために豪奢《ごうしゃ》な寺をいくつも建てています。

一例を挙げれば、今に残る国宝・平等院鳳凰堂《びょうどういんほうおうどう》は藤原道長の別荘であったものを、息子の頼通《よりみち》が寺にしたもの。藤原氏が建てたもので平等院鳳凰堂と同規模のものは、当時の京都にはいくつもありました。

藤原氏は本来なら国家に納められるべき税金を自分たちの懐に入れられたので肥え太り、一方の国家は税収が枯渇《こかつ》し、財政は破綻《はたん》。

京都府宇治市・平等院鳳凰堂

そもそも荘園とは一言で言えば、疲弊した国家制度（公地公民制）の盲点を衝《つ》く形で藤原氏が発明し、それを実力で国家に強制した「脱税システム」です。

ここから生じた財力をバックにして藤原氏は天皇家を圧倒していったのですが、後年になって源氏や平氏の中級貴族らが「自分で耕した土地は自分で管理したい」と考えるようになったのは藤原氏の前例があるからなのです。藤原氏や有力寺社（東大寺、興福寺、春日大社など）がやっていたことを自分たちにも認めてもらえれば、土地の所有者となれて財産を築くことができる、というわけです。

藤原氏は、奈良時代の昔から日本を一族で牛耳るために着々と準備をし、最終的には道長の代のあたりで藤原摂関体制を完成し、天皇から実質的権力を奪うという長年にわたる目的を実現させました。

「そうはさせじ」として、藤原氏の前に立ちふさがった臣下仲間の最後のライバルとも言うべき一族がいました。それが賜姓《しせい》源氏と言われた天皇の息子たちでした。

彼らが『源氏物語』の光源氏のモデルと言われる人たちです。

摂関政治の創業者、藤原良房《よしふさ》

平安時代の中期以降の政治は、要約すると藤原一族が摂政・関白として、国家運営の実権を天皇家から奪う過程の中にありました。

それ以前の日本は天皇親政です。天皇自らが政治を行い、特に平安京を創った桓武天皇は、その色彩を強く打ち出した絶対君主でした。この時代、藤原氏は天皇の周辺にいる重臣の一族にすぎなく、政治の実権はあくまで天皇のものです。

時代が下って文徳《もんとく》天皇（在位八五〇―八五八）、清和《せいわ》天皇（在位八五八―八七六）、陽成《ようぜい》天皇（在位八七六―八八四）あたりから天皇の意志がストレートに政治の現場で通らなくなり、皇太子を誰にするかという国政の最重要問題においても、藤原氏の鼻息をうかがうようになります。

こうなったきっかけは一人の天才的政治家・藤原良房の活躍によるものです。私は日本の政治家（策謀家と言ってもいいのですが）の中で仮にトップ五人を挙《あ》げろと言われれば、まず間違いなく、その一人として良房の名を挙げます。

摂関政治の大成者とされる藤原道長は、ある意味で、良房の敷いたレールの上を無難に走ったにすぎません。

良房は摂関政治の創業者。摂関政治という皇室の補強システムがなければ、以後の天皇家は衰退の一途をたどり、日本の歴史が変わっていたことは確実です。

院政が始まるまでの、藤原氏と天皇家の葛藤の歴史を、ここで振り返ってみます。

藤原氏の主流となる藤原北家は藤原不比等《ふひと》の子の房前《ふささき》の末裔《まつえい》です。房前は不比等亡き後、一族の中で頭角を現します。長兄の武智麻呂《むちまろ》は、温厚な性格で学究《がっきゅう》肌でした。それに対して房前は不比等の性格を強く受け継ぎ、野望家肌で陰謀を駆使するのを得意とし、政敵を作っては倒していきます。

藤原不比等の子孫たち

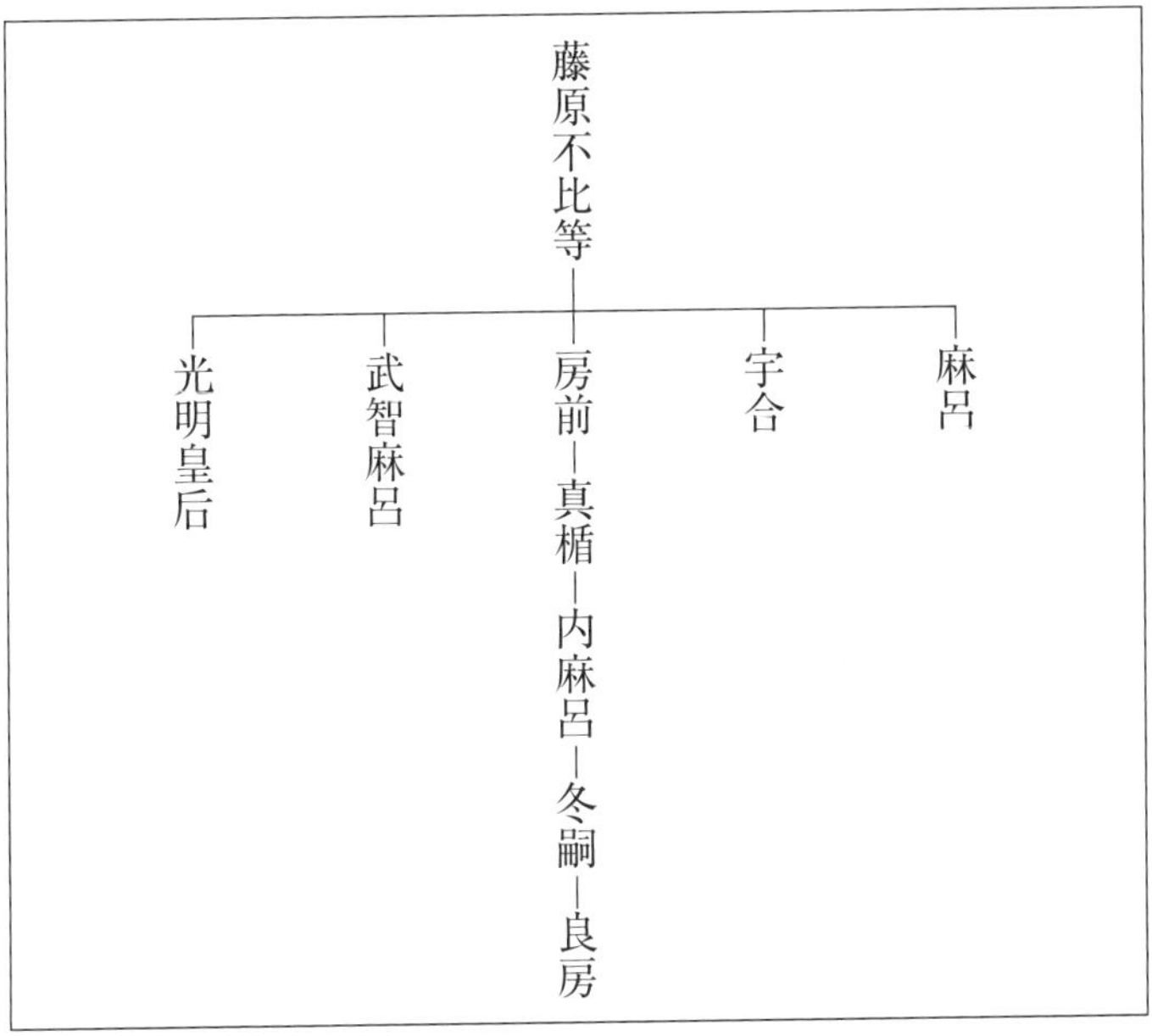

ライバル長屋王《ながやおう》が朝堂のトップに立つと、彼を孤立させるために反藤原派の中心人物・大伴旅人《たびと》を大宰府《だざいふ》に流し、長屋王一家を無罪にもかかわらず滅亡に追い込みます。

時に房前は、中臣《なかとみの》（藤原）鎌足《かまたり》以来初めてとなる内臣《うちつおみ》に引き立てられていましたから、陰謀を企《くわだ》てるのは容易な立場にありました。

房前は自らの兄弟である藤原四兄弟（武智麻呂、房前、宇合、麻呂）で朝堂を独占する筋書きを立てますが、兄弟が次々と天然痘に冒されて死亡。政権独占の夢は道半ばで破れ、平安初期に北家は一度没落します。

それを盛り返したのが、房前のひ孫・冬嗣《ふゆつぐ》の子である良房です。

そもそも藤原氏は平安初期以来、朝廷からいわば特別待遇を受けていて、天皇家の孫を娶ることを特別に許されていました。『日本紀略』の延暦十二（七九三）年九月一日条《じょう》に、時の桓武天皇の詔《みことのり》として、こう記されています。

「大臣や良家の子孫に三世王（ひ孫）以下との婚姻を許し、特に藤原氏は累代の執政の功により、二世王（孫）を娶ることを許す」。

けれども良房はこの「許し」を逸脱し、嵯峨《さが》天皇の寵愛を得て、皇女・源潔姫《きよひめ》を天皇より降嫁《こうか》されます。もちろん、天皇の孫ではなく娘を娶るなど前代未聞のことです（実はこのことが、良房が側室を置くことをはばかることにつながって、良房に男子が生まれなかった悲運となるのですが……。良房がやむなく甥の藤原基経《もとつね》を養子に入れたのはそのためです）。

その後も良房の運は開き続け、娘・明子《あきらけいこ》は文徳天皇の女御となり、惟仁《これひと》親王を生み、幼い親王は強引に即位をして天安二（八五八）年、清和天皇となります。藤原北家がついに外祖父の地位をものにした瞬間でした。結果、本来なら皇族しか就くことができない太政大臣に、藤原氏としては藤原仲麻呂以来初めて良房が大抜擢《だいばってき》されます。

藤原良房と天皇家の関係図

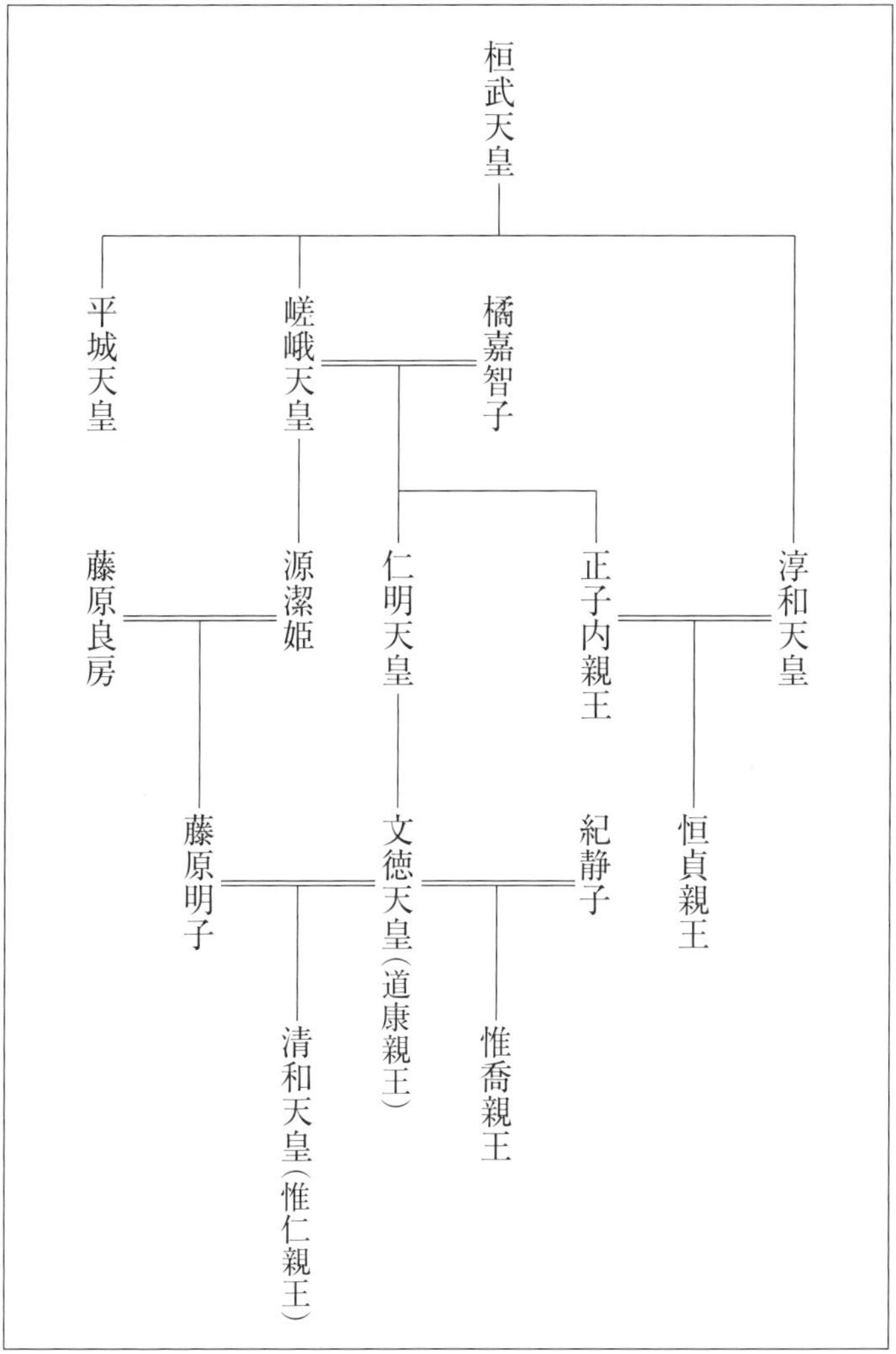

太政大臣は「則闕《そつけつ》の官」とも呼ばれ、自他共に認める有能な皇族という人材がいなければ置かれない臨時職ですが、良房以降は天皇の外祖父にこの地位を贈ることが習慣化していきます。本来の職務は、「一人《いちにん》に師範《しはん》として、四海に儀形《ぎけい》たり（天皇の道徳上の師であり、人民の手本である）」とされる極官（官の最高位）です。実質的な国政の最高権力者といってもいいでしょう。今で言えば、おおむね内閣総理大臣に当たります（最初の太政大臣は天智天皇の子・大友皇子、その後に高市《たけちの》皇子、藤原仲麻呂、道鏡が就いています）。

譲位した嵯峨天皇が嵯峨上皇として目を光らせていた時代までは良房は、現在の官公庁の局長クラスでしょうか、単なる中納言でしかありませんでしたが、上皇が亡くなると嵯峨の決めた皇太子（淳和《じゆんな》天皇の子の恒貞親王）に不満を抱いていた皇太后 橘《たちばなの》嘉智子《かちこ》に取り入って皇太子派を一掃します（承和《じようわ》の変《へん》）。

さらにこの後も、稀代《きだい》の政治家・良房の策謀は続きます。

嘉智子は良房のおかげで、かねてより熱望していた、内孫の道康《みちやす》親王（文徳天皇）を皇太子とすることができました。道康親王は良房にとって娘むこにあたります。娘むこが次代の天皇となるならば、藤原一族にとって邪魔な存在である伴《とも》（大伴）氏や橘氏などを排除するのは容易なことです。

道康親王は、二十四歳で即位して文徳天皇となりますが、良房の暗躍は続きます。文徳天皇は愛する第一皇子の惟喬《これたか》親王を皇太子に立てようとしますが、結局は前記の通り、良房の娘・明子が生んだ惟仁《これひと》親王を皇太子に立てざるを得なくなります。良房の圧力ゆえのことであるのは明らかでしょう。

良房の策謀がいかに強引であったかは、惟仁親王の歳を見ればわかります。惟仁は生後わずか八ヵ月。おむつの取れない皇太子など、過去には一例があるにすぎませんでした。（一例とは聖武《しょうむ》天皇の息子・基《もとい》皇子が生後二ヵ月で立太子した事例です）。

惟仁は九歳で即位、清和天皇となるわけですが、もちろんこれは史上最年少。異例のことはこれにとどまらず、清和天皇は即位後も内裏に住まずに、皇太子時代の住まいである東宮に居続けました。当然、内裏は天皇不在となり、太政大臣・良房の専横が、周囲に遠慮することなく幅を利《き》かすこととなります。

良房は、右も左もわからない幼い天皇のおじいちゃんです。孫の動向など思うがまま。天皇を政治の中心である内裏から遠ざけ、その間にじっくりと藤原氏の権力固めをしたというわけです。

先代文徳天皇が三十二歳の若さで急死したことが、良房にとって最大の強運となったのは確かですが、はたして文徳の死が自然死であったかについて、私は疑いを持っています。ただ一つ、確かに言えることは、文徳が長生きをしていれば藤原摂関政治というものは誕生しなかったかもしれない、ということです。

文徳から見て祖父に当たる嵯峨天皇までの時代——天皇家はけっして「ひよわ」な存在ではありませんでした。古来、人望、能力、政治的決断力を兼ね備えた「雄者」が、その地位に就いてきました。

良房の時代以後、天皇は「お飾り」になり、臣下にすぎない藤原一族が宮廷から他氏を排斥し、天皇の外祖父という特権的立場をもって国政を牛耳るようになるのです。外祖父が実質的最高権力者ですから、外祖父の年を考えると、天皇が幼少であるというのが珍しいことではなくなっていくわけです。

なぜ道長以降の藤原氏は衰退したのか

良房が切り拓いていった藤原氏の話を続けます。

貞観《じょうがん》四（八七二）年に良房は死に、養子の基経が北家を継ぎます。基経の実の妹・高子は清和天皇に嫁いで貞明《さだあきら》親王を生んでおり、すでに立太子を終えていました。

貞観十八（八七六）年に清和天皇が譲位した後、即位したのは、これも幼い九歳の陽成天皇（貞明親王）。清和天皇は生前、基経に「幼主（陽成）を助け、天子の政《まつりごと》を執《と》り行うように」と命じており、基経を次代の天皇の摂政に任じました。藤原北家による外戚の地位はゆるぎないものとなり、以後、摂関職の独占が始まります。

時に基経は、右大臣。上役は嵯峨天皇の息子で臣籍降下した左大臣の源融《みなもとのとおる》です。上司の頭越しに摂政となったことになります。かえりみれば、奈良時代にライバル長屋王が朝廷のトップに立った際、これに立ち向かうべく藤原房前が内臣になったのと同じ図式です。「天皇と同等の力を持つ」かつての内臣は、平安中期では摂政に当たりますから、異例の昇進人事は、言うなれば藤原ファミリーの得意技なのです。

藤原北家のしぶとさは、嫡子（長男）が必ずしも家を継ぐのではなく、氏の実力者が実権を握って家を継ぐことにありました。

基経の後を継いだのは四男の忠平《ただひら》です。長兄の時平《ときひら》は菅原道真の祟りで若死しており、その子・保忠《やすただ》は醍醐《だいご》天皇に寵愛されていましたが、彼もまた大納言の地位にあった時に没しています。

通常ならここで北家は衰退するところですが、基経の四男である忠平が俄然《がぜん》頭角を現して、醍醐天皇の後に即位した朱雀《すざく》天皇によって摂政にしてもらいます。

道長は忠平のひ孫。彼も長男ではなく四男であることは前述しました。北家の伝統として、長男以外の者でも家を継げるという柔軟性があったことは確かだと思われます。

忠平の孫・兼家は、謀略を用いて一条天皇を即位させて摂政となりますが、わずか四年に満たずして病に冒され、出家の後に亡くなります。

兼家の後は長子の道隆がその地位を継いで摂政となり（後に関白）、娘・定子を一条天皇の後宮に入れて女御から中宮に上がらせます。

長徳《ちょうとく》元（九九五）年、道隆は病で死去。すぐさま弟の右大臣・道兼が関白を引き継ぎますが、彼もまもなく死去（「七日関白」と言われます）。

残された兄弟である道長に内覧の宣旨《せんじ》が下ります。道長の地位はそれまでの権大納言から一気に右大臣に引き上げられました。

幸運に恵まれて政界の中枢に躍り出た道長は、一条天皇から三条天皇の治政にかけて左大臣として補佐に当たります。三条天皇からは、その子・敦明親王の立太子と引き換えに、娘・彰子が生んだ皇太子敦成《あつひら》への譲位を勝ち取り、後一条天皇を即位させます。しか

藤原北家系図

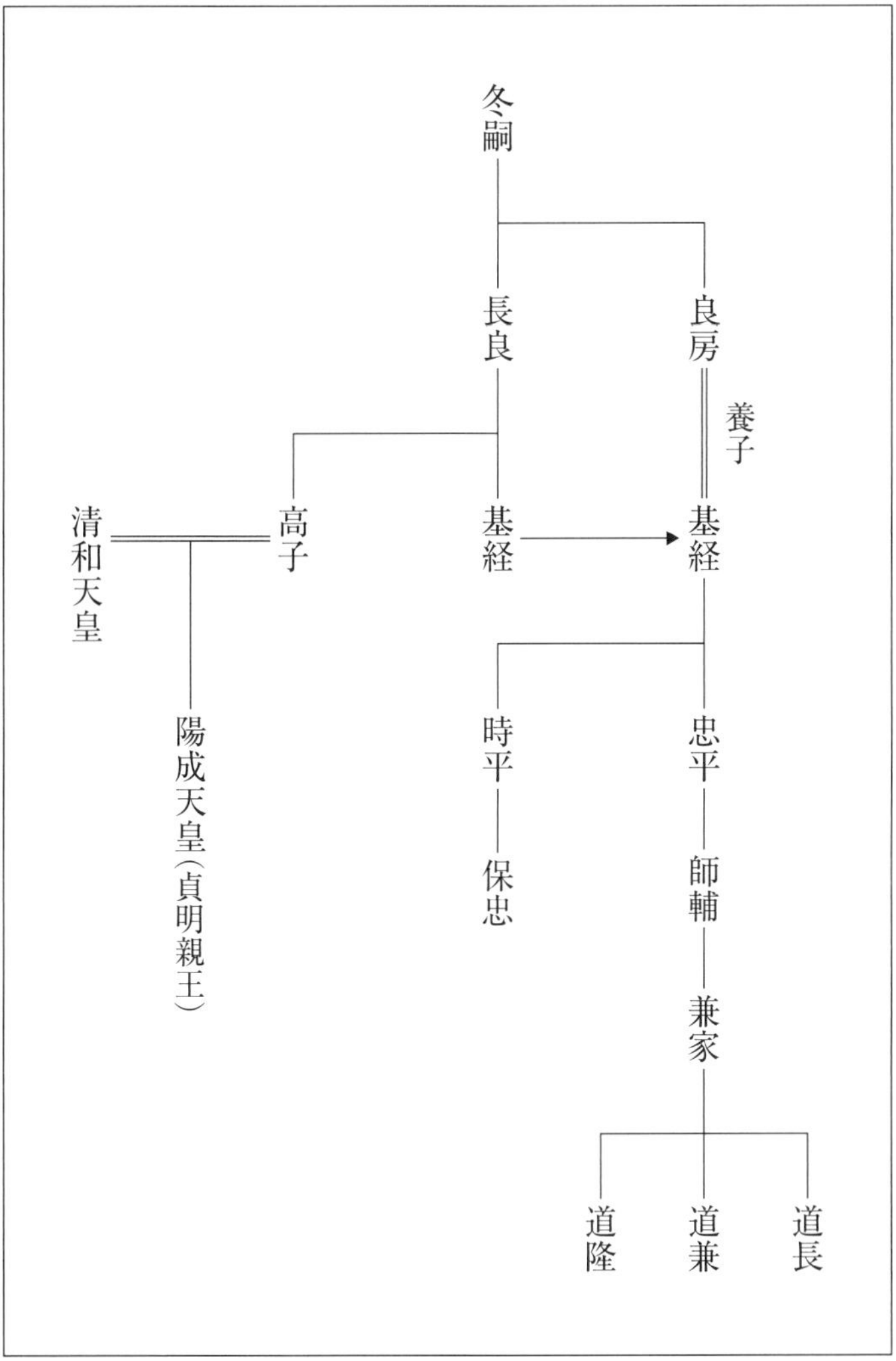

しながら即位した新天皇はまだ九歳で、外祖父たる道長が摂政に就任して面倒を見なければなりません（道長は摂政就任とともに左大臣を辞めました）。

その翌年、早くも摂政を長男の頼通に譲り、自らは太政大臣に進み、都の人たちに「大《おお》殿《との》」と呼ばれるようになります。

道長の時代が藤原氏（藤原北家）の全盛時代であったことは有名ですが、この時代を頂点として藤原氏は坂道を転がり落ちるように衰えていきます。

摂関政治という揺るぎない体制を築いていたのに、なぜなのでしょう。天皇家の妃は道長の娘たちで独占されていて、盤石な布陣が敷かれていたのに、どうしたのでしょうか。

実は、皮肉にも長子以外でも家を継げるという一族のＤＮＡを道長がないがしろにしてしまったのです。「北家の中の摂関家は道長の嫡流だけが継ぐ」と、道長が決めたために、身内となる公卿の絶対数がどんどん減ってしまいました。簡単にいえば、藤原一族内の人材不足。

藤原氏の急速な衰退を目《ま》の当《あ》たりにして、待ってましたとばかりに暴れ出したのが天皇家の院政（政府から独立した上皇が政治を動かす）というシステムで以後両者は主導権争いに狂奔し、双方が力をつけてきた武士の力を頼るようになります。結果、武士は実力を蓄え、実力をもって貴族の世の終焉《しゅうえん》に寄与することとなります。

良房の若いころ、時の帝は嵯峨天皇でした。彼は桓武天皇の子で、兄の平城《へいぜい》天皇から位を受け継ぎますが、平城天皇は、上皇となった後に藤原薬子《くすこ》にそそのかされて反乱の兵を挙げ、弟である嵯峨天皇を苦しめます。

身内が起こした反乱に懲《こ》りた嵯峨天皇は、天皇家の権力を回復することに努めますが、その方法が独特でした。自分の血を引いた子供をできるだけたくさん作り、「血縁の壁」で天皇家を固めようとしたのです。

事実、この目的を達するために嵯峨天皇は多数の妻妾《さいしょう》との間に五〇人もの子を作った、と言われています。実はこのことが、宮中に根を生やしつつあった藤原氏に一族存続の危機感を与えることになります。後に最大のライバルとなる「源」氏の出現に、つながっていくからです。

『源氏物語』と藤原氏――このぬきさしならぬ関係が生じるきっかけを説明していきましょう。

第二章

奈良時代から続く藤原氏の政治手法

一大勢力となった嵯峨《さが》源氏

嵯峨天皇はあまたの子女のうち、母親の身分が低い子らをまとめて、一気に臣籍降下《しんせきこうか》させて「源」の姓を与えました。源氏という氏族の起こりです。

臣籍降下とは、皇族から人臣へ身分を落とすことです。天皇家には姓がないので、皇族である限りは「○○親王」「○○王」という名で呼べばいいのですが、一般人となると名だけというわけにはいきません。姓が必要となり、「源」の姓を創出したのです。

こういう氏族を「賜姓《しせい》皇族」といい、源姓となった者を「賜姓源氏」と言います。「嵯峨源氏」とは、文字通り嵯峨天皇の時に臣籍降下した源氏のこと、また後に現れる「清和源氏」とは、四代後の清和天皇の時に臣籍降下した源氏です。

『源氏物語』に出てくる源氏は、小説の中のことですからあくまで架空の存在ではありますが、賜姓源氏ということになっています。ご存じのように『源氏物語』は、皇子として生まれた光源氏が臣籍降下し、朝廷の官僚として内大臣を経て国家行政のトップ・太政大臣のさらにその上にまで栄達する物語です。

嵯峨天皇が子供たちを臣籍降下させた目的は、明らかです。皇族が増えると国費で待遇せざるを得ませんから、国家財政が破綻していきます。当然ながら、数多くの親王たち全員を皇位に就けることはできないので、簡単に言えば外にほっぽり出したということです。

この制度のメリットの最たるものとして、一般人にしてしまえば臣籍降下した皇子たちは藤原氏や他の貴族と同列となるわけですから、左大臣、右大臣などの重要ポストに抜擢しやすいということがあります。

源氏の「第一郎《だいいちろう》（最初の男）」と呼ばれた嵯峨天皇の子の源信《まこと》は事実、左大臣になりましたし、信の弟・常《ときわ》、融《とおる》も兄同様左大臣になりました。

臣籍降下によって新たに誕生した源氏一族は、たちまちのうちに藤原一族に匹敵する有力氏族にのし上がったのです。嵯峨天皇の息子たちは朝廷を補完する一大勢力となって天皇を支えました。

より詳しく言いますと、源氏となった嵯峨天皇の息子たちは次々と台閣《たいかく》（朝廷）の要職に就き、嵯峨上皇の死後六年を経過した時点の嘉祥《かしょう》元（八四八）年には、仁明《にんみょう》天皇の下で源常が左大臣、源信が大納言、そして藤原氏をしょって立つ藤原良房《よしふさ》が右大臣という布陣となっています。右大臣が左大臣より一段低いランクであることは、ご存じのことと思います。

たちまちのうちに、源氏は藤原氏の有力なライバルとなって、藤原氏が右大臣をやれば源氏が左大臣をやるといった形で宮中での暗闘を続けます。

源氏は藤原氏と拮抗《きっこう》する勢力を成し、彼らは元々が皇族の出ですから、皇室の藩屏《はんぺい》としての「総合力」では藤原氏よりも優《まさ》っていたとも言えます。皇室を「血縁の壁」で守ろうとした嵯峨天皇の目論見《もくろみ》は、達成されたかに見えました。

ところが、実際は違っていました。

良房が「天皇代理」になれた裏事情

この八四八年からわずか九年後の天安元《てんあん》（八五七）年に、良房は人臣初の太政大臣となり、そのまた九年後の貞観《じょうがん》八（八六六）年には遂に人臣初の摂政となるのです。太政大臣はいわば行政の最高府、今の内閣総理大臣ですが、「臣」の字が付くことでもわかる通り、あくまで天皇の臣下（家来）の域は越えません。

しかし摂政は違います。摂政は「天皇代理」であり、本来は皇族でなければなれないはずで、その摂政の座を、あろうことか臣下がまんまと射とめてしまったのです。

これは日本政治史上特筆すべき、驚天動地《きょうてんどうち》の大事件で、天皇個人を棚上げして藤原氏が摂政・関白として勝手に国の政治を行う「藤原摂関政治」の始まりとなるものでした。

そして、最終的に藤原氏が源氏に勝利したなによりの証拠が、良房の子・基経《もとつね》による人臣初の関白就任、ということになります。

この二つの役職を簡単に説明しますと、天皇が女性だったり幼少だったりして天皇自身が政治を満足に執り行えない時、それを補佐するのが摂政で、この職は藤原氏が力を持つ前からありました。古いところでは推古《すいこ》女帝の摂政が、皇太子・聖徳太子です。

関白は元来、律令制度にはないもので、藤原氏が作り出し、ほぼ独占したものです。天皇の代理を務めるという意味では摂政と同じですが、二つの役職の違いは明白で、関白は天皇が立派な成人男子であっても置かれました。

関白とは「関《あずか》り申す」が語源であることからもわかる通り、政務に関って意見を言上《ごんじょう》する者。誰に意見を言上するかと言えば、それは当然、天皇です。関白の本来の役割は天皇に言上するまでで、政策の最終決定権はあくまで天皇にありましたが、やがてそれは建前だけのこととなり、関白は「天皇の代理人」である威光を利用して、宮中で権力を思うがままに振るうようになります。

関白の敬称としては、「殿下」が使われましたが、殿下とは本来は皇族に対する敬称ですから、臣下が使うことはできないはずです。殿下の敬称が許されたということは、すでに関白は臣下ではないと、世間が認めたことを意味します。なぜやすやすと「血縁の壁」を突破し、摂関政治を始められたのでしょうか。

前述したように実は嵯峨天皇は藤原氏をことさら冷遇したわけではなく、当時の藤原氏の代表格・左大臣藤原冬嗣《ふゆつぐ》の後継者である良房に、臣籍降下させた自分の娘・源潔姫《きよひめ》を妻《め》合《あわ》せています。臣籍に下ったとはいえ、天皇の娘が臣下に嫁ぐなど、前代未聞のことでした。

良房出世の鍵は、嵯峨天皇の皇后・橘《たちばな》嘉智子《かちこ》の不満に取り入ることにありました。嘉智子は史上唯一の橘氏出身の皇后です。立后の宣命には、同じく臣下から皇后となった聖武天皇の皇后・藤原光明子の先例を踏まえたとされています。

当時まだ中納言にすぎなかった良房は、嘉智子が自分の腹を痛めた子（仁明天皇）の系統が皇位に就くべきと思っていたのに、嵯峨の弟（淳和天皇）が皇位に就いてしまったことに不満であったことを知り、機《き》をとらえて彼女に近づきます。接近の企《たくら》みは成功しました。

嵯峨上皇が死んでわずか二日後に、淳和天皇の皇太子・恒貞《つねさだ》親王が反乱を企てたとの嫌疑を受けて地位を奪われる事件（承和《じょうわ》の変《へん》）が起きますが、この事件の処理を良房に委《ゆだ》ねたのが嘉智子です。

その結果、新皇太子となったのが道康《みちやす》親王（後の文徳天皇）で、彼は良房の甥に当たる人間であり、嘉智子にとっては直孫に当たります。

嘉智子の死後、道康親王は文徳天皇となり、叔父・良房の娘・明子《あきらけいこ》との間に惟仁《これひと》親王が生まれ、親王は長じて皇太子となります。

文徳天皇は、紀氏の娘の静子との間に生まれた惟喬《これたか》親王のほうを皇太子としたかったのですが、良房の圧力に屈してやむなく惟仁を皇太子としました。

敗者である惟喬親王の周囲にいた人々が『古今和歌集』の「六歌仙」として後世に名を残すことになるのですが、なぜ「六歌仙」として六人の歌人が選ばれたかについては、第四章で考察していきます。

そこには、『源氏物語』で藤原氏が怨霊を恐れてあえて作中で源氏を活躍させたのと同じ構図——紀氏の怨霊鎮魂という、隠された動機があるのです。

奈良時代から藤原氏は恨みを買っていた

良房が、持って生まれた権謀術数《けんぼうじゅっすう》の才に加え、たぐいまれな強運の持ち主だったことは、彼にとって実に都合のよい時に天皇（上皇）が次々とこの世を去っていったことからもわかります。

嵯峨上皇が天皇家の後見人として目配りしていた時期においては、繰り返しますが、良房は単なる中納言にすぎませんでした。今で言えば官公庁の局長クラスです。

嵯峨上皇の死によって、良房は自分の甥である道康親王を皇太子に押し上げることに成功し、併《あわ》せて藤原一族の栄達にとって邪魔な存在となる他氏（伴《とも》氏、橘《たちばな》氏等）の排斥を成し遂げます。橘氏は嘉智子の死により、すでに勢力を大幅に後退させていました。

前述のように、即位した文徳天皇（道康親王）は在位三年、三十二歳の若さで急死。次の天皇の座には、良房が推し立てた幼少の惟仁親王が就きます。

良房は幼い清和天皇（惟仁親王）の「おじいちゃん」である立場を最大限利用して、天皇を政治の中心である内裏《だいり》（御所）から事実上追放し、じっくりと「藤原政権」固めのための布石を打っていくのです。若き文徳天皇の急死がなければ、後年の藤原摂関政治は誕生しなかったに違いありません。

嵯峨上皇、文徳天皇の死に関して、私は良房が関与している（その死の背後に良房がいる）と見ているのですが、それについては『逆説の日本史4――中世鳴動編』（小学館）で詳しく解説していますので参考になさってください。

かえりみれば、藤原氏は遠く奈良時代、不比等《ふひと》の代から、一族の娘を宮中に入れるのは、いわば「お家芸」のようなもので、得意としていました。

藤原不比等は史上初めて、皇族以外の人間である（ただの臣下である）自分の娘を正式な皇后として天皇家に嫁がせた人物です。ご存じ、聖武天皇の妃・光明皇后です。

それまで皇后は、「皇族の出身」でなければなりませんでした。天皇の周囲に侍《はべ》る女御とか更衣ならともかく（つまり下級の妻ならよいということです）、正夫人である皇后には臣下の娘は決してなれないというのが暗黙の大前提だったのですが、藤原氏はこのルールを覆《くつがえ》しました。

聖武天皇は藤原一族出身の光明子（藤原夫人《ぶにん》）との間に女子が生まれていましたが、長らく男子には恵まれませんでした。女子であるその子、阿部内親王は、後に即位して女帝・孝謙（重祚《ちょうそ》して称徳）天皇となる人物です。

ところが、神亀《じんき》四（七二七）年、二人の間に待望の男子（基王《もといおう》、某王〈氏名不詳〉とする説もある）が生まれ、聖武天皇は喜びのあまり生後三十三日目にしてその乳児を皇太子とします。たった一歳の皇太子――前代未聞の出来事です。宮中の百官はお祝いのために光明子の父親・藤原不比等の屋敷に赴《おもむ》きます。

その皇太子は翌年に夭折《ようせつ》してしまいます。一方で、同年のうちに聖武天皇は犬養広刀自《いぬかいのひろとじ》との間に男子（安積《あさか》親王）を生みますが、兄弟のいない聖武天皇の皇統が頼りないことに変わりはなく、その虚《きょ》を衝《つ》いて左大臣・長屋《ながや》王が天平元（七二九）年に反乱を企てます（長屋王の変）。

聖武の後継候補は阿部内親王十二歳、安積親王二歳の二人。一人は女性、一人は母親の身分が低く、後ろ盾に欠きます。対して高市《たけち》皇子の子・長屋王は聖武に見劣りしない家柄で子も多くあり、天皇位を簒奪《さんだつ》する野望に満ちていました。高市皇子は天武天皇の息子で、壬申《じんしん》の乱では近江大津宮《おうみおおつのみや》を脱出して父に合流、美濃国不破《みののくにふわ》で軍事の全権を委ねられて

天皇家、藤原氏、長屋王関係図

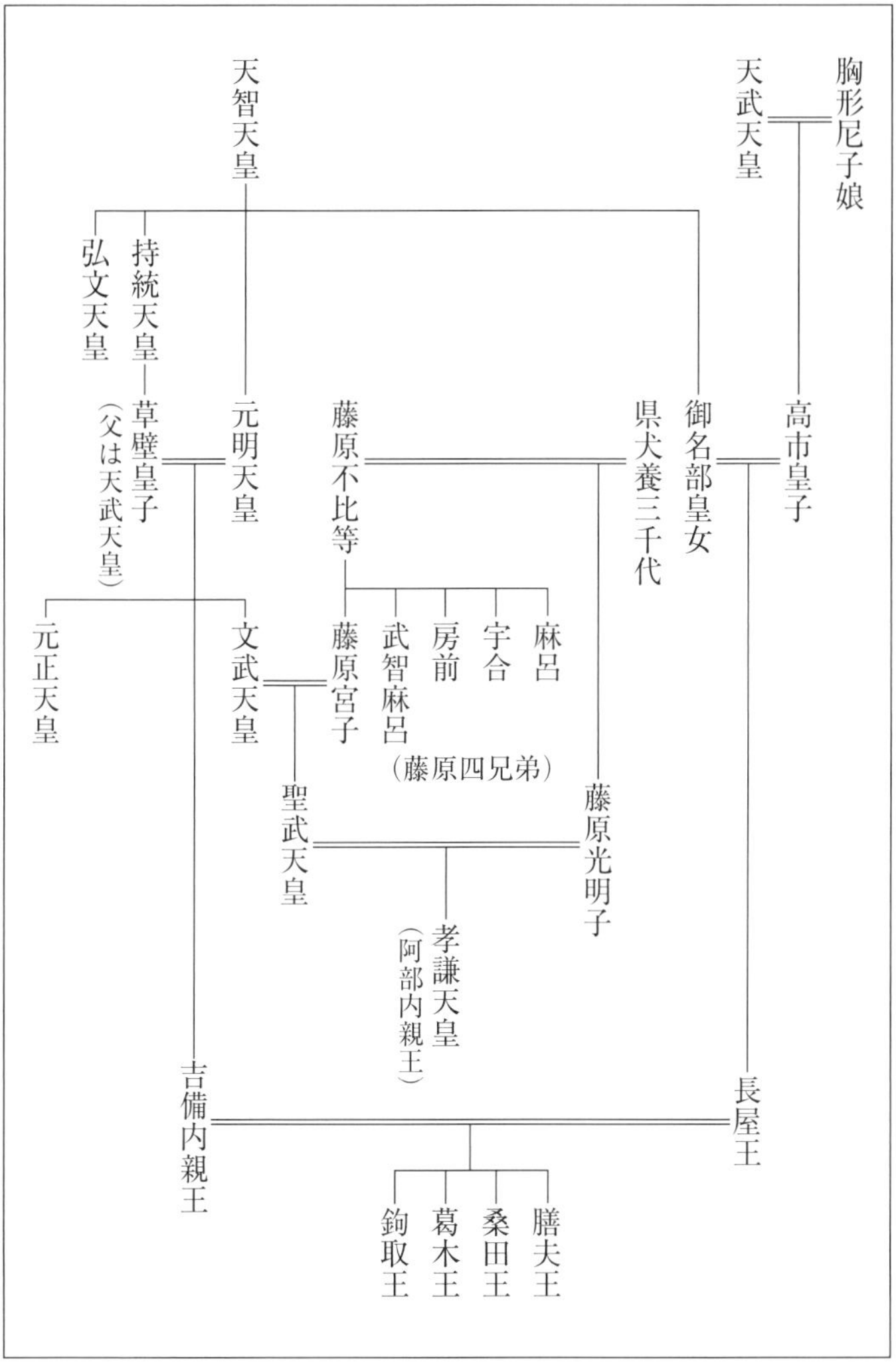

大活躍し、後に持統《じとう》天皇の下で太政大臣に任じられて、後皇子尊《のちのみこのみこと》とまで呼ばれた人物です。

もしいったん長屋王に皇位が渡ったならば、その後は長屋王と妻である吉備《きび》内親王の子孫へと継承されていき、不比等の四人の息子（藤原四兄弟）が光明子の生んだ天皇の叔父として宮中に幅を利《き》かせることは不可能です。反乱は失敗。長屋王は藤原一族によって、謀反を企《たくら》んだという罪をでっちあげられて自殺に追い込まれ、その一家も全滅させられる悲惨な最期を迎えます。

邪魔な存在＝長屋王は、宮中のクーデターにより、吉備内親王とその子供たちとともに自殺。藤原氏にとっての邪魔者は消えました。

まもなく「天平」と改元。めでたく光明子は皇后となりますが、藤原一族に思いもかけぬ不幸が襲いかかります。四兄弟そろって、「長屋王の変」の翌年天平二（七三〇）年に天然痘《てんねんとう》にかかって亡くなるのです。病の床に就く兄や弟を見舞う際に感染したことは容易に想像できます。以後の藤原氏がことのほか怨霊を恐れ、怨霊信仰の強烈な信奉者になったきっかけとも言える、大凶事でした。

今でこそ天然痘とは、体内に入った天然痘菌が引き起こす伝染病だとわかっていますが、当時の人々には何の医学知識もなく、これほどの不幸は長屋王の祟《たた》りであると考えざるを得ませんでした。

怨霊（祟り）を極端に恐れる気持ちが、一族のＤＮＡの中に深く刻み込まれたとしても、不思議ではありません。四兄弟がたてつづけにこの世を去ったことが、彼らにとってどれほどの衝撃であったかは、以後も延々と怨霊を怖れ続けた藤原一族の歴史が物語っていると言えます。

おそらく、その祟りを鎮《しず》めるためには強力な仏教の力が必要だと考えて、光明皇后は夫・聖武天皇を動かして、奈良の大仏を建立したのでしょう。

四兄弟とは、武智麻呂（藤原南家の祖）、房前（藤原北家の祖）、宇合《うまかい》（藤原式家の祖）、麻呂（藤原京家の祖）の四人。次代を担う兄弟すべてがほぼ同時に他界するという悲劇です。長屋王の祟りであると、一族は脅《おび》えました。

以後、孝謙女帝在位中に一族の仲麻呂《なかまろ》（不比等の孫、武智麻呂の子。別名・恵美押勝《えみのおしかつ》）が左大臣に就任するまで、藤原氏の大臣空席時代が続きます。

国家の総力を傾けて建てた大仏も、藤原一族の不幸を消し去ることができなかった事実に直面せざるを得ませんでした。一言で言えば「役に立たなかった」ということで、桓武天皇は縁起の悪いことが続いた奈良の都を捨てて山城《やましろ》の国に新京を造営し、新しい都を守ってくれる新しい仏教を導入していくことになります。

栄華を極めた道長は何を恐れたのか

道長の絶頂期にあった藤原氏が恐れていたものは何だったでしょうか。

一族は過去に悪辣《あくらつ》な手を使って政敵を倒し、目的のためなら手段を選ぶことなくあまたの政争を乗り越えてきましたが、その方法の良《よ》し悪《あ》しは今日の価値観で判断できるものではありません。今でいう人権とか人道といった価値観はなきに等しい時代ですから、藤原氏は一族の過去の行いに対して、恬《てん》として反省などしていなかったはずです。

藤原氏は「過去に犯してきた罪」を悔《く》いて、そのためだけで仏教に救済を求めたのではないと、私は思います。贖罪《しょくざい》の意識からではなく、心の底から恐れていたものがあったのではないか。

藤原氏が真に恐れていたこと――、それは末法《まっぽう》の世の到来でした。

道長はわが世を「欠けることのない満月」にたとえた絶大な権力者で、その上にあり余る財力の持ち主でしたが、敬虔《けいけん》な仏教徒でもありました。世間からは、仏が衆生《しゅじょう》を救うために人の姿となってこの世に姿を現わしたとされる「権者《ごんじゃ》（権化《ごんげ》）」と見做されてもいました。

通常の世ですと、膨大《ぼうだい》な富を蓄えた者はあの世にも財力を運ぶ資格が得られ、極楽浄土へよりたやすく導かれる、とされています。この世で名声を成した者は極楽浄土へ行きやすい、ということです。『栄花物語《えいがものがたり》』が、道長を「弘法大師や聖徳太子の生まれ変わり」と書いたのも、その裏付けがあってのことでしょう。

けれども末法の世になると、仏法は廃《すた》れ、どんな修行を行った人、どんな有徳《うとく》の人でも極楽浄土へ導かれることはなくなる、とされます。極楽浄土そのものがなくなるのですから、これは当然のことです。

末法の世とは釈迦入滅後の千年を正法《しょうほう》、次の千年を像法《ぞうほう》とした後の時代のことで、日本では壬申《じんしん》（紀元前九四九）年が釈迦入滅の年と考えられており、二千年後の永承《えいしょう》七（一〇五二）年が末法元年とされてきました。

道長が六十二歳という長寿の末に亡くなったのは万寿四（一〇二七）年ですから、死後に行くあの世の世界もすぐに末法の世です。あちらの世界が怖くて、とてもじゃないけれ

京都市・法成寺址

ど心おだやかに死んでいくことなどできなかったでしょう。

道長は御所の東に贅《ぜい》を凝《こ》らして造った法《ほう》成寺《じょうじ》で生涯を閉じますが、死に際してその姿は阿弥陀仏《あみだぶつ》の手と自分の間に五色の糸を結びつけ、大勢の僧の読経《どきょう》が響く中での往生《おうじょう》だったとされます。なんとしてでも極楽往生に導かれたいという執念を感じさせられます。

法成寺は治安《じあん》二（一〇二二）年に道長が建立した巨大寺院です。今から約千年前に当たります。道長の邸宅・土御門殿《つちみかどどの》の東隣、賀茂川の西岸に建てられたこの寺は、「無量寿《むりょうじゅ》院」と号された阿弥陀堂を中心に、十斎堂《じっさいどう》、講堂《こうどう》、経堂《きょうどう》、金堂《こんどう》、五大堂などの諸堂舎が

奈良県吉野郡・金峯山

立ち並び、東西二町（約二四〇メートル）、南北三町（約三六〇メートル）という広大な敷地を有していました。

無量寿院内では、本尊である丈六仏《じょうろくぶつ》の阿弥陀如来像が九体もずらりと並べられていました。丈六仏とは、立像なら全高が一丈六尺《しゃく》（約四・八メートル）という巨大なものです。どれほど大きな阿弥陀堂であったのかが、わかろうというものです。

法成寺の建立には日本中の富が注ぎ込まれました。全国の受領《ずりょう》国司たちにその普請《ふしん》を請け負わせ、彼らは道長の甘心《かんしん》を買うために任国から吸い上げた富を惜《お》し気《げ》もなく投入していています。しかしそんな大寺も今では跡形もありません。

道長の極楽浄土願望の証拠は数々あります。寛弘《かんこう》四（一〇〇七）年、経筒《きょうづつ》を修験霊場である金峯山《きんぷせん》山頂に埋納。法華経、阿弥陀経、弥勒成仏《みろく》経、般若心経《はんにゃしんぎょう》が納められた経筒で、これは日本最古の経塚《きょうづか》遺跡とも言われます。

この行為は道長の日記『御堂関白記』にある記述とも一致するもので、同書には「九日をかけて都から金峯山山頂に到着して、自ら書いた経典を埋納し、金銅製の灯籠《とうろう》を建てた」と、記録されています。

当時、弥勒菩薩は釈迦入滅の五十六億七千万年後にこの世に降り立ち、人々を救済すると信じられていました。

実は災難続きだった道長・頼通《よりみち》政権

実際、十一世紀に入るやいなや、世情は不穏な空気に包まれていきました。末法の世には戦乱が続き、天変地異がこの世に襲いかかると信じられていて、現実にその予兆と思われる事件が相次ぎます。

寛仁三（一〇一九）年三月、大宰府管内に北方のツングース系・女真《じょしん》族の軍勢が大挙上陸し、周辺を所かまわず掠奪《りゃくだつ》し、住民を殺戮《さつりく》する大事件が勃発。大宰府駐留軍が反撃し、一週間ほどで撃退することができましたが、外敵に国土が侵される恐怖が国中を襲いました。平安朝最大の対外危機である、「刀伊《とい》の入寇」と呼ばれる一大事です。当時、女真族は朝鮮では「蛮族」を意味する「刀伊」の名で呼ばれていました。

女真族が住んでいた遼《りょう》の国は当時、宋や高麗と対峙していました。モンゴル系の遼（契丹）が勃興《ぼっこう》したことにより、北宋との貿易から締め出された女真族が、高麗の東海岸や日本沿岸へ来襲してきたのです。東アジアの緊張関係が日本にも波及したわけですが、賊徒《ぞくと》は船五十余艘《そう》をもってまず対馬《つしま》、壱岐《いき》を襲い、住民多数を殺害した後、筑前《ちくぜん》国に上陸、民家を焼き払います。

太宰権帥《だざいごんのそち》藤原隆家《たかいえ》はただちに兵を動員して迎え撃つことに。賊徒は能古島《のこじま》にも来襲、筑前国で捕らえた日本人捕虜多数を海に投げ入れたりしましたが、高麗軍によって救助された日本人捕虜も多くいました。殺害された日本人は、筑前で一八〇人、壱岐島で一四八人、対馬で一八人と、記録に残っています。壱岐守藤原理忠《まさただ》も殺されました。

貴族ながら勇敢に戦って武功を挙げた隆家は、道長の兄・道隆《みちたか》の子です。「よの中のさかな者（やんちゃ者）」と称されていました。

道長が「望月の歌」を詠んだのが寛仁二（一〇一八）年。娘・威子《いし》（たけこ）を中宮として「一家三后」を成し遂げたのも同じ一〇一八年。「刀伊の入寇」はその翌年ですから、道長の権力が絶頂期を迎えたまさにその時の凶事でした。この年、道長の息子・頼通が関白の位に就いていています。

そして、都では疫病が蔓延。奈良では、藤原氏の氏寺・興福寺の僧兵が天皇家の寺である東大寺に攻め込んだり、平安京の外では延暦《えんりやく》寺と園城《おんじょう》寺が争ったり……。

末法元年とされた問題の年、永承七（一〇五二）年には、奈良の長谷寺が焼失したこともあり、いよいよ末法に突入かという不吉な出来事がつづきました。

打ち続く災難を目《ま》の当たりにして、誰もが「世も末だ」と感じて、不思議はありません。

長保二（一〇〇〇）年のこととして『権記《ごんき》』（藤原行成《ゆきなり》の日記）には、「今、世間の人たちは皆、末法の世が必ずやってくると言い合っている」と記されているのを見ても、人々が末法の世の到来に脅《おび》えていたことがわかります。脅えていたのは庶民だけでなく、時の最大権力者・藤原氏も同じです。

この世に不吉な出来事が続く。そしてあの世には極楽浄土はすでにない。そうなった時、権力者が具体的な形で怖れるのは、そう、怨霊に他ありません。

怨霊とは、生前この世に尽きせぬ恨み、晴らせぬ恨みを残して死ぬことによって生じるもの。その恨みがどこから来るのかを明らかにし、怨霊に対して、満たされぬ欲望を満たしてあげる形をとってあげれば、怨霊は鎮まるはずです。これが鎮魂といわれるものです。

たとえば、右大臣・菅原道真は無実の罪を着せられて死んだのですから、まずその怨念の根源である、でっちあげられた罪を取り消すことが先決です。その上で、生前より高い地位を、すでに死んでしまった道真に贈ります。そうすれば道真の怨霊も心を穏やかにして鎮まってくれるというわけです。

災いをもたらす怨霊が鎮魂され、善なる神に転化された状態を御霊《ごりょう》といいます。古代から延々と続き、平安時代にピークを迎えた日本独自の怨霊信仰は、怨霊をいかに御霊に転化するかということが、最も重要な課題であったと言ってよいでしょう。

日本で仏教が大きく普及した理由

怨霊と仏教との関係を、ここで考えてみます。

怨霊信仰は、平安時代になって急に起こったものではありません。日本の国には当初からあり、平安時代になって最盛期に達したのだと、私は考えています。

西洋文明の基礎には、ギリシア・ローマの文化と、それ以後に発生したキリスト教文化があることは誰もが知っています。日本ではこの「ギリシア・ローマ」に当たるのが「怨霊信仰」で、「キリスト教」に当たるのが仏教だと言えば、わかりやすいでしょうか。

もちろん、異なる点もあります。キリスト教文化が、先行する文化であるギリシア・ローマ文化を圧倒してしまったのに比べ、日本では世界宗教であった仏教が、極言すれば日本伝統文化の地層にあった怨霊信仰に「吸収」されてしまったとも言えるのです。

仏教が普及するにつれて、日本人はそれまで「鎮魂」と呼んでいたものを「供養」と呼ぶようになります。もともと、仏教の根本思想にある「現世に執着する者は成仏できない」という考えは、「怨霊を御霊に変えなければ人はうかばれない」とする怨霊信仰に、どこか似ているところがあったからです。

仏教は、政争にせよ恋の争いにせよ、「執着することはいけないことだ」と諭《さと》しています。恨みを抱きながらあの世で生きるのも、仏教からすれば良しとはしません。「執着するな」というのが仏教。「苦しいのなら執着を解いてやろう」というのが怨霊信仰。どこか似ていると思いませんか。怨霊信仰の下地《したじ》があったからこそ、仏教は日本で容易に受け入れられたのかもしれません。

実は、日本に伝来した時点で仏教に期待されていたのは、個人の救いや民衆の救済ということよりも、怨霊鎮魂であったふしがあります。怨霊鎮魂のために外国から輸入された新技術が仏教であったのかもしれないと、私は考えています。

『怪談』（ラフカディオ・ハーン〈小泉八雲〉作）に出てくる「耳なし芳一の話」では、芳一が仏教の経文を唱えることで幽霊（悪霊と言い換えてもいいですが）は退散しますが、これは本来おかしな話です。経文は仏陀の教えを説いたものですが、それ自体に呪力などはありません。経文そのものに悪霊退散の効力などないのです。

元来、仏教には怨霊をなだめるという意識はなく、そもそも怨霊の存在自体を認めてはいません。

仏教が説く究極の目的である解脱《げだつ》とは、死後も永遠に繰り返される生まれ変わりの輪の中から逃れることです。

人は死ねば輪廻《りんね》転生《てんしょう》するのであって、生前の行いによって、死後も人間として生まれ変われるか、それとも虫になるのか動物になるのか、極楽浄土に行くのか地獄に落ちるのか、そんなことはわかりません。とにかく永遠に生まれ変わり続けるのが真《しん》の姿であって、その生まれ変わりの輪から解脱できることが、すなわち仏になるということです。

日本において仏教が、供養という名目で怨霊を鎮魂するために使われてきたのは、それだけ日本では怨霊信仰がいかに強かったかということの、一つの証拠であるとは言えないでしょうか。

「物語」という言葉の本当の意味

菅原道真は天神《てんじん》という神に奉《たてまつ》られ、天満宮に祀《まつ》られることで、善なる神となって鎮魂されました。加えて、正一位太政大臣の位が贈られました。

死んだ人間に対して、現実の位階を贈るというのは、一種のフィクションです。現実の世界には、現に正一位太政大臣がいるのですから、理屈の上ではそうなります。けれどもこのフィクションが、日本では有効な力を持つのです。言葉を変えれば、昔からフィクションの効用を認めてきたのが日本人、とも言えるでしょう。

怨霊を慰《なぐさ》める形でのフィクションが強い力を持つ国であったからこそ、『源氏物語』は生まれたと言って、決して間違いではありません。

現実の政治の世界では勝者である藤原氏が、フィクションの世界では負けを認める（光源氏という『源氏』を活躍させる）ことで、バランスを保ち、怨霊の発生を防ごうとしたわけです。

ところで、近代的な分類で言えば、『源氏物語』は長編小説となるでしょうが、当時はそんな用語はなく、使っていたのは「物語」という言葉です。

物語の語源の「語り」の意味は、現代人にもよくわかります。話すこと、語ることです。では「物」とは何か？「もの」からは、「物語」「物心が付く」「物思い」「物のはずみ」「物言い」「物忌み」などの言葉が連想されます。このことからも、私は「物」とは魂のことだと考えています。「もののけ」という言葉が示すように、昔から日本には「もの」という言葉が魂や霊を表わす、という考え方があったのではないでしょうか。物語は、もともとが霊の話なのだと考えても不思議はないのです。

「物心」の「物」は、「物語」の「物」なのです。「物心が付く」は「物心が憑く」と書いたほうが適切かもしれません。なぜなら、霊が憑依《ひょうい》することを、より的確な文字で表現できるからです。

折口信夫《おりくちしのぶ》（釈迢空《しゃくちょうくう》）の『死者の書』では、「騒ぎにつけこんで、悪い魂《タマ》や、霊《モノ》が、うようよとつめかけて来るもので御座ります」という一文があり、「もの」という言葉に「霊」という漢字を当てています。

物語の中（フィクションの世界）で霊を呼び戻し、活躍させてあげる。その効用は計り知れないものがあったのでは、と思うのです。

菅原道真の怨霊に怯えた藤原氏

日本人は本質的に競争が嫌いです。

なぜなら競争をすると必然的に勝者と敗者が生まれ、敗者は必ずや怨霊となって祟りをもたらすと、信じられてきたからです。だから聖徳太子は「和をもって貴《とうと》しとなせ」と言いました。「競う前に協調しろ」ということです。けれどもそんな日本人が、唯一競うことを厭《いと》わなかったことがあります。政治闘争です。

政治権力の座だけは、役職の数があらかじめ決められていますから、どうしても奪い合いは避けられません。その必然として、取るか取られるか、ということになり、生き残りを賭《か》けた内向的なエネルギーのぶつかり合いが生じます。後顧《こうこ》の憂《うれ》いを断つためには、政治闘争の敗者を殺さなければならないこともあります。


藤原氏のライバルとなる他の貴族たちは、宮中にじわじわと浸透する藤原氏の勢力伸展をただ黙って傍観していたわけではありませんが、実は彼ら以上に不愉快に思っていたのは当の天皇家の人たちでした。

天皇家の人たちが、藤原氏の専横に対して具体的に手を打つべく、躊躇《ちゅうちょ》せず実行した例の一つが、宇多・醍醐天皇による菅原道真の重用です。

道真という、めったにいない当代随一の優秀な人材を重く用いることで、藤原氏と同じ臣下である菅原氏のウェイトを相対的に高め、藤原氏の突出を防ごうとしたのです。けれども、ご存じのように道真は結局、藤原氏に陥《おとしい》れられて無実の罪で九州・大宰府へ流されてしまいます。

ここで注意しておきたいことは、藤原氏が戦うべきライバルは、常にけっして天皇家ではない、ということです。西欧の場合なら、国の支配権（統治権）をめぐって、天皇家と藤原氏が殺し合いの戦いに発展する、というのが定石です。

しかし藤原氏はあくまで天皇家への「寄生虫主義」を取りました。自分が「宿主《やどぬし》」にはなろうとはしません。したがって、「宿主」である天皇家自体を滅ぼそうとは夢にも思ってはいません。

藤原家のライバルは、天皇家において藤原氏と同じ立場に立つ可能性のある者に限られます。具体的に言えば、藤原氏同様、娘を天皇家に送り込んで天皇の子を産ませ、その子を天皇の位に就けさせる力のある者、ということになります。

実は平安時代、その条件に該当する藤原氏のライバルは二人いました。一人は先に触れた右大臣・菅原道真、そしていま一人が左大臣・源高明です。

道真は藤原氏の事実無根の讒言《ざんげん》によって大宰府へ流されますが、かの地で彼が怨みを抱いて憤死《ふんし》した後、道真を追い落とした張本人の藤原時平《ときひら》自身が三十九歳という若さで病死します。

清涼殿落雷「北野天神縁起絵巻」和泉市久保惣記念美術館デジタルミュージアムから引用（和泉市久保惣記念美術館蔵）

その不幸を皮切りに、同じく道真を追放した醍醐天皇の皇子で皇太子でもあった保明《やすあきら》親王（藤原時平の甥）が若くして死に、さらにその後を継いで皇太孫となっていた、保明親王の子・慶頼《よしより》王も、これまた若くして病死する凶事が宮中で続きました。

さらにその後、宮中の会議中に御所の中心を成す清涼殿《せいりょうでん》に、雷が落ちて多くの死傷者が出た上に、ついには醍醐天皇がにわかに体調を崩して数ヵ月後に崩御してしまいます。

これほどまでにたてつづけに起きた不吉な出来事を、藤原氏は道真の怨霊の仕業《しわざ》に違いないと確信し、道真を「天神」という神に祀り上げる慰霊《いれい》行為を行います。「お願いですから祟らないでください。そのためにはあなたの名誉を回復し、人ではなく神として末永く祀らせていただきます」ということです。道真は死後、位を追贈されます。

臣籍から皇室に復帰した宇多天皇

道真を登用して重責を与え、藤原氏に対抗させようとした宇多天皇は、実は自身が臣籍降下された源氏の出身でした。彼の父・光孝《こうこう》天皇は子沢山でしたので、生まれた皇子に次々と源の姓を与えて臣籍降下させていて、宇多天皇も即位する前は源定省《さだみ》という名の臣下の一人にすぎませんでした。

ところが光孝天皇が亡くなる時、宮中では皇太子の準備ができていなかったので、定省は臣籍から皇室に復帰して急拠、皇太子となったわけです。こんな例は有史以来初めてのことで、以後も天皇家では一例としてありはしません。

この時代の少し後に、賜姓源氏の最後のエースとでも言うべき、源高明《みなもとのたかあきら》が登場します。左大臣まで出世した彼は元は醍醐天皇の第一〇皇子であり、その妻の姉・安子《あんし》は村上天皇の中宮となっていて、皇太子の憲平《のりひら》親王を始め、三人の皇子を産みます。

高明はその縁で中宮・安子に信頼されて中宮大夫（皇后付きの官僚としては最高位）となり、娘を二人目の皇子・為平《ためひら》親王の后とします。

そして、村上天皇の死後、皇太子の憲平親王が即位して冷泉《れいぜい》天皇となります。

この冷泉天皇について、多くの歴史家は、極言すれば彼は一種の精神障害者であった、としています。

『国史大辞典』（吉川弘文館）では「幼少のころより異常な行動が多く、その狂気は元方《もとかた》の祟りといわれ……」とあり、『日本史大事典』（平凡社）では「生来精神的に異常があったといわれるが……」と記されているのがその証拠です。

冷泉天皇は天暦《てんりゃく》四（九五〇）年、村上《むらかみ》天皇の第二皇子として生まれ、母は藤原師輔《もろすけ》の女《むすめ》の安子（師輔は基経の孫に当たり、兼家の父です）。生後わずか二ヵ月にして皇太子となり、康保《こうほう》四（九六七）年、村上天皇の死去により十八才で天皇位に。不予《ふよ》（病悩《びょうのう》）によって、異例のことながら内裏紫宸殿《ししんでん》での即位式でした。

奈良・平安時代が専門の歴史学者・土田直鎮《なおしげ》氏の『日本の歴史5　王朝の貴族』（中央公論新社）という本では「冷泉天皇は思えば気の毒な天皇であった。その立太子のときから、即位も、退位も、すべて終始藤原氏にあやつられどおしで、狂気の身をぞんぶんに利用された。（略）その狂気はついに終生快癒《かいゆ》せず、道長の邸である東三条南院にいたときに放火しようとしたり、（略）さまざまの話が残されている」と書かれています。

事実、史実上の冷泉天皇は性格に問題があったらしく、次の皇太子擁立が急がれました。源高明にとってみれば、自分の娘が冷泉帝の弟で第四皇子の為平親王の后になっているのですから、為平親王が首尾よく皇太子となれば、ゆくゆくは天皇のしゅうとになることができます。

ここにおいて、そうはさせじと圧力を掛けてきたのが藤原氏で、結局皇太子には為平親王ではなく、彼の弟で第五皇子の守平《もりひら》親王が就いてしまいます。為平は兄であり、優先順位は守平より先、しかも為平と守平は同母兄弟ですから母の身分が低いがゆえに為平がダメということでもありません。源氏をのさばらしてはわが一族の将来がないとした、藤原氏の陰湿な妨害工作以外に理由は考えられません。

加えてその立太子の決まった翌年の安和《あんな》二（九六九）年、藤原氏からダメ押しをされる形で、源高明が謀反を企てたとの訴えが宮中から成され、右大臣・藤原師尹《もろただ》は直ちに関白・藤原実頼《さねより》を動かして関係者を次々と逮捕。高明は、菅原道真と同じように大宰《だざいの》権師《ごんのそち》

天皇家、藤原氏、源高明の関係図

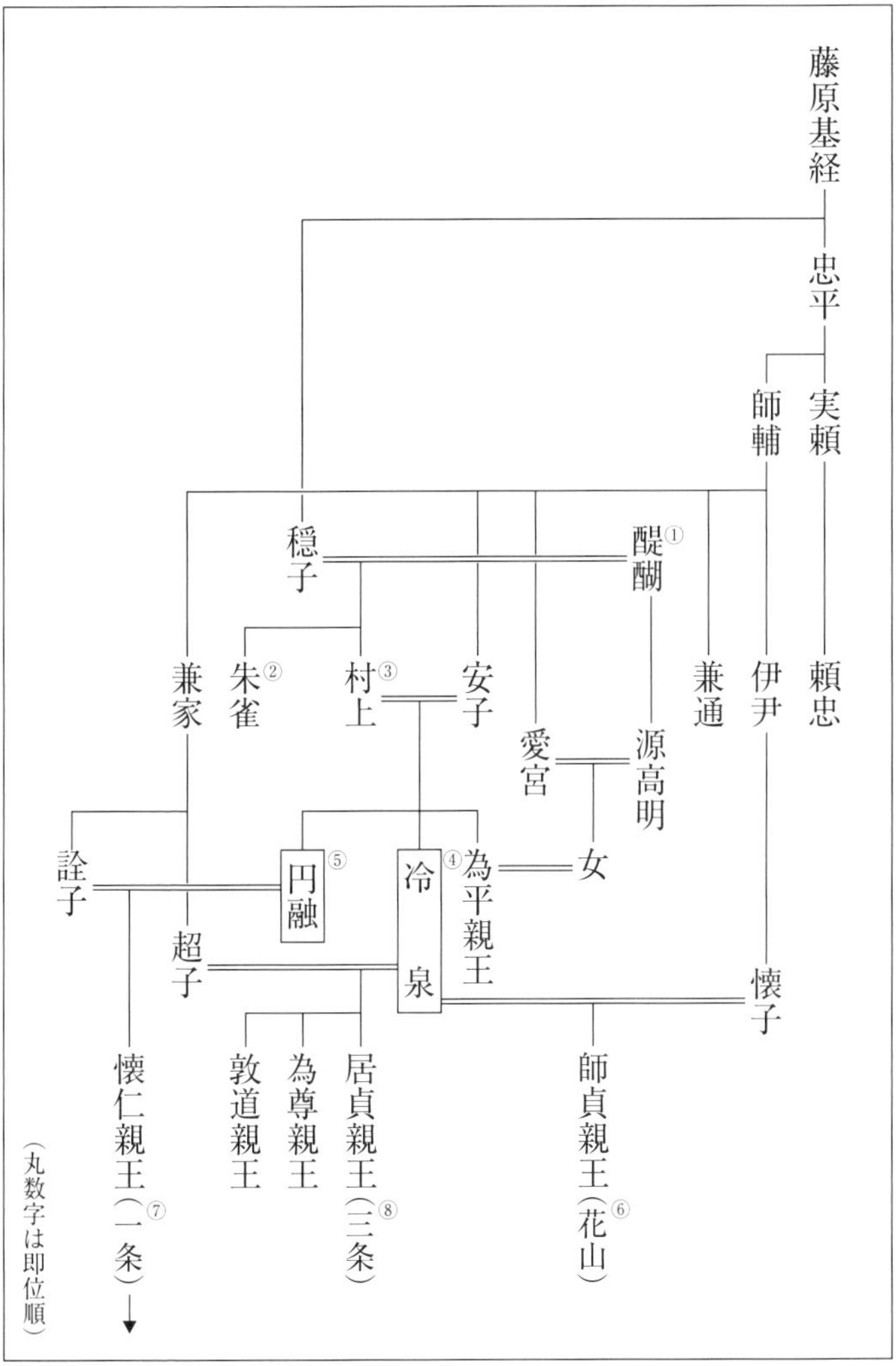

に左遷されます。この時点までは藤原氏と同等の力を持っていた源氏のエースが、これにより完全失脚したわけです。これが冒頭にも紹介した安和の変と呼ばれる政争の詳細です。

追い打ちをかけるように、高明の邸が焼失し、その半年後に冷泉帝は譲位して皇太弟守平親王が円融天皇として即位します。高明の政治生命がこれで完全に断たれたことで、以後源氏の一族が力を盛り返すことはありませんでした。

日本史上、高明が道真と違うのは、彼は大宰府に流された後も憤死することなく長命を保ち、最終的には許されて都に帰っている点です。

けれども政界に復命することは許されず、高明の失脚をもって、賜姓源氏が天皇になったり左右の大臣クラスにのし上がることはありませんでした。以後、実質的天下は藤原氏のものとなります。

実在の冷泉帝と同名の天皇が登場する理由

ここまで述べますと、勘のよい読者の方はお気づきになったかと思われます。

現実の世界では、冷泉天皇の御代をもって臣下である源氏の栄光は完全に消滅するのですが、フィクションである『源氏物語』の世界ではその逆の展開が成され、冷泉天皇の時代をもって宮中での源氏の勝利が確定します。

『源氏物語』では冷泉帝は、桐壺帝の皇子として登場しますが、実は藤壺と光源氏との間の不義の子です（なお、物語では、架空の存在である桐壺帝の息子に現実に存在した天皇の名を与えています。光源氏の兄に当たる「朱雀帝」と、この「冷泉帝」です）。冷泉帝は光源氏に、最高位・准太上天皇の位を与えます。このことは何を意味しているのでしょうか。

つまり、こういうことです。

『源氏物語』の中では、現実と正反対のことが起こっているのです。SF好きの方なら、『源氏物語』はパラレルワールド（並行宇宙）の物語であると理解できるでしょう。

パラレルワールド物語とは、現実の世界とは逆のことが起こった世界を描いた物語。一例を挙げれば、「関ヶ原合戦では、東軍の徳川家康ではなくて西軍の石田三成が勝った」という設定で書かれた物語のことです。

もちろん『源氏物語』は、こうしたSFの手法をもって書かれた小説ではありません。結果的に、SF小説の一つの手法であるパラレルワールドの様相を呈《てい》してはいますが、私が考える最大の問題は、「なぜそうしたのか。なぜ現実とは逆の物語に設定したのか」ということです。

言い換えれば、「そうした動機はどこにあるのか」「そうすることで得をした人が誰なのか」「誰が何のためにそうした小説を書かせたのか」ということが、重要なのです。

結論を言いますと、現実の世界で政治の敗者となった源氏一族の怨霊を慰める——これこそが『源氏物語』の役割だったのです。

よりわかりやすく言えば、放逐《ほうちく》された源氏一族が怨霊化しないように、せめて物語の上ではよい思いをしてもらって、彼らの無念の思いを鎮魂しようとしているのです。

藤原一族が怨霊信仰の強い信者であることは、先に述べました。外国ならば怨霊信仰などありませんから、政治的敗者は汚名に塗《まみ》れさせたまま、打ち捨てておくのが常識です。けれども日本では、世界のそんな常識は通じません。怨霊という怖ろしいものをきちんと鎮魂しないとこの世にすさまじい祟りが成されると、信じられているのです。

菅原道真の祟りのために、醍醐天皇の子孫たちは次々と若死にし、醍醐帝自身も不幸な死に方をしたと、信じられたのは事実です。道真を神（天神さま）に丁重に祀り上げたのは、もうこれ以上祟らないでくださいとの願いからに他なりません。

その醍醐天皇のすぐ後の時代が、『源氏物語』を紫式部に書かせたパトロン――藤原道長の時代なのです。

自分たち一族が長年にわたって、ありとあらゆる手段を駆使して宮中から追い落として来た源氏一族が発する怨霊を、なんとかして穏便な形で晴らすことはできないだろうか。源氏の発する怨霊により、わが一族が不幸になるのを、防ぐことはできないだろうか。道長の胸中にあったのは、ひとえにこの思いです。

源氏は怨念を抱いているに違いない。その怨念は怨霊となって必ずやわが藤原一族に襲いかかる。なんとかして源氏の怨念が怨霊化することを防ぎたい。そのためには……。そうだ、物語の中でよい思いをしてもらえば、魂を慰めることができるのではないか。

その思い（アイデア）に充分応えることができたのが、紫式部という当代一の才女の筆による『源氏物語』だったのです。

新王朝は前王朝を貶《おとし》めるのが世界の常識

もちろん、当初から紫式部が、源氏鎮魂の物語として長大な物語を書こうとしたのかどうかは、わかりません。単におもしろい物語を、宮中の女官たちの退屈しのぎのために書き出したのかもしれません。

しかし物語の主人公に、明らかに源氏を名乗る美しい若者を選び、その人間が冷泉帝の御代に、実際の歴史とは逆に、時の権力者を圧倒して天下の政治を牛耳《ぎゅうじ》るなどというストーリーは、どの国のどの時代においても、単なる娯楽作品として許されるものではありません。現実世界の権力者・藤原氏の怒りを買うこと、必定だからです。

藤原道長に、この物語を書かせる前述のような動機がなければ、『源氏物語』は明確な「反藤原文書」です。道長の意図の下《もと》に書かれていないのであれば、自分の一族が政争に負けて、ライバルだった源氏が勝つなどという設定を、時の権力者が許すはずがありません。

『源氏物語』は、天皇の皇子として生まれて、一度は臣籍降下させられて源氏を名乗った若者が、競争相手である右大臣家、左大臣家を圧倒して、最終的には自分の息子を皇位に就けるという話です。物語の中で左大臣家は藤原氏と明記してあり、右大臣家も当時の状況からして藤原氏であることは明白なのです。

通常では考えられないこの奇妙な構図は、既に「はじめに」で触れたように、過去でも現代でも日本以外はあり得ないことなのです。

譬《たと》え話をもう一つ加えるならば、こういうことです。

イギリスの王室では、十六世紀にスコットランド女王のメアリーとイングランド女王のエリザベス（一世）が戦い、最終的にエリザベス女王が勝利を収めた歴史を持っています。

もし、そのエリザベス女王の側《そば》に仕える王室の女官が『メアリー物語』とでもいった本を書き、メアリーがライバルのエリザベスを徹底的にやっつけて、ついには自分が女王になる栄華物語を作り出したら、エリザベスはそれを許すでしょうか。ましてやその本がイングランド王室内で広く読まれ、常に話題となったらどうでしょう。

世界史の常識では、そんなことを許すはずはありません。にもかかわらず、日本ではそれが許され、それだけでなく、執筆も奨励《しょうれい》されました。こんな不思議な話はないのです。

権力者というものは、普通は前代の権力者、またはライバルだった者の悪口を言うものです。そうすることが、自分が強引な手段で権力を奪ったことへのなによりの正当化になるからです。

自分たちが陥れた人物・氏族を神として祀ったり、功績を讃《たた》えたり、物語の中で顕彰《けんしょう》したり、よい思いをさせたりすることは、自分の犯した罪を自らが認めたということになりますから、大きな恥を自分に晒《さら》す行為に他なりません。

そうしたことを考えれば、藤原氏全盛の時代に『源氏物語』が成立したこと自体が、きわめて一般常識から外れた、異常なことだとお気づきになられるはずです。

この異常さはどこからくるのか？　考えうる唯一の答えが、日本人が恐れる「怨霊信仰」なのです。

人はなぜ物語を読むのでしょうか。

『源氏物語』の作者・紫式部は、虚構《きょこう》をもって世の中を描く物語の形だからこそ、人々の魂を慰める真実の姿を描きえると考えました。

現実世界で恨みを呑んで死んでいったのは、源氏一族だけでなく、物語を読んでいる人の親族にも、親兄弟にも、人生の途上ですれちがった数多くの人々の中にも、必ずやいたことでしょう。

紫式部は光源氏の口を借りて、この世にあまたいる死者の憂さを晴らしてあげようとし、それに見事、成功しました。それは、ノンフィクションの歴史書では到底叶わないこと、物語でなければ成しえないことだと、私には思われます。

「娘が皇子を産むこと」で権力を掌握《しょうあく》

説明を補足します。

良房より百年ほど後が道長の全盛期、『源氏物語』が書かれた時代となります。

天才政治家・藤原良房の策謀によって、藤原氏はライバルの源氏を中央政界から追放。良房の甥で養子となった基経《もとつね》の代に、関白の地位が設けられます。関白は、天皇が成人であってもその代理となる人を示しますから、そういう存在を認めるということは、すなわち天皇が政治の実権を喪失したということです。

藤原氏の権力奪取の方法は、自分の娘を天皇家に嫁がせて、生まれた子供を次の天皇にするというやり方だということは、前述しました。

絶頂期の道長からすれば、娘が天皇家に入って産んだ子供は外孫ということになり、一方、天皇から見れば道長は外祖父ということになります。

道長は自分に批判的な天皇を早々と退位させて、娘が産んだその子供たち（道長の孫たち）に次の天皇位を継がせ、外祖父として孫を自在に扱ったわけで、要は、次の天皇を誰にするかという切り札を握っていたのです。

幸運なことに道長は寿命が長く、自分の娘を次々と天皇に嫁がせることに成功しました。長女の彰子を一条天皇に、次女の妍子《けんし》を三条天皇に、そして三女の威子を一条天皇と彰子との間の子である後一条天皇に、です。

道長が実現した体制は「一家立三后《いっかりつさんこう》」と呼ばれるもので、一つの家からしかも一代で皇后（中宮）を三人出すという異例の形を言います。皇后は天皇一代に一人しかいませんから、必然的に太皇太后、皇太后、皇后がすべて道長の娘で占められたのです。

その皇太后たちの配偶者（天皇）も、道長の孫たちです。血縁による宮中支配を、黒幕として仕切ることが可能でした。

ちなみに、この藤原摂関政治は九世紀後半から十一世紀後半まで二百年余りで寿命を終えます。

天皇家が藤原氏から権力を取り返したことによるのですが、天皇家が取ったその手段は、奇《く》しくも藤原氏と同じ方法でした。藤原氏は「天皇の外祖父」を権力の基盤としましたが、天皇家は「天皇の実父」が太政官（正式の政府機関）とは別の政府を作り、太政官制度を有名無実化したのです。院政ですね。

やや煩雑《はんざつ》になりますが、「一家立三后」を詳しく説明します。

道長は、まず、一条天皇に長女彰子を嫁がせて敦成《あつひら》親王を産ませます。しかし三十二歳で一条天皇が若死にしたため、次の天皇は一条の伯父・冷泉の子である三条が継ぎました。

道長は敦成親王を早く皇位に就けたいため、三条が邪魔者となります。すでに三条には次女の妍子を嫁がせていましたが、妍子は子を産むことが叶いませんでした。

三条が皇位にとどまる限りは、「天皇の外祖父」の地位を得ることができません。さっさと早く譲位してしまえということで、三条への道長のあの手この手の嫌がらせが始まります。三条はついに耐えきれず、彰子の子である敦成親王に譲位しますが、交換条件として最愛の息子・敦明《あつあきら》親王を皇太子とするよう、要求します。

敦成（後一条天皇）九歳、その皇太子の敦明二十三歳という「変則人事」です。敦明は孫ではありませんから道長にメリットはありませんが、道長はしぶしぶ同意しました。

ところがその一年後に三条が病死すると、道長の威光を恐れた敦明は皇太子の座を放棄してしまい、後一条の皇太子には、同じく彰子の子（道長の孫）である敦良《あつなが》（後朱雀《ごすざく》天皇）

が就きます。道長、してやったりです。

敦成親王こと後一条天皇が十一歳になった時に、道長は今度は三女の威子を入内させます。叔母と甥という、きわめて異例の結婚でしたが、半年後に威子はめでたく皇后に立后されます。

ここにおいて、現天皇（後一条）の皇后威子、先代の天皇（三条）の皇太后の妍子、先々代の天皇（一条）の太皇太后の彰子――この三人の娘がすべて道長の三女、二女、長女という、通常ではとても信じられない状況が生まれたのです。

実は道長はこれに飽き足らず、さらに後朱雀天皇の許に四女の嬉子《きし》を入内させますが、嬉子は次代の天皇（後冷泉）を産んだ後に、女御の身分のままに亡くなっています。

道長自身、類《たぐい》まれなる幸運児だったことは確かで、父・兼家の四男でしたから通常なら氏の長者にはなれない身でしたが、兄たちが次々と病死したために宗家《そうけ》を継ぐことができました。

四十になれば「四十《よそじ》の賀《が》」といって、今の還暦の祝いに当たる行事をした時代では、人も羨《うらや》む長寿です。

実は彼は通称「御堂《みどう》関白」と呼ばれ、彼の遺した日記も『御堂関白記』という名になっていますが、自身は正式には関白にはなっていません。しかし関白に相当する地位を確立していたことは事実です。

藤原一族は摂政・関白の職を独り占めしますが、やがて藤原家の中でも特に高貴とされる家柄の五つの系統が、この地位を独占するようになります。近衛《このえ》、鷹司《たかつかさ》、一条、九条、二条の「五摂家《ごせつけ》」です（藤原の系統の中には、三条西や姉小路などのように大臣までしか昇進できない家柄も多くありました）。

「娘が天皇の子を産む」という、きわめて不安定で不確実な条件に依存していたのが、摂関政治です。

道長の息子の頼通は娘が一人しか産まれず、入内させたその娘は子を産まなかったので、権力を維持することができずに政界を引退しています。

確かなことは、道長の少し前の時代までは、藤原氏には他の高級貴族という有力なライバルがいて、もしこのライバルの娘たちが藤原氏の娘たちのように次々と天皇の子を産み、その子らが帝位に就けば、藤原氏と同等の権力を得る可能性が大だったということです。

最大のライバルであった氏族は誰か？　それは橘氏でも、伴氏（大伴氏）でもなく、また菅原氏でもなく、臣籍降下で誕生した源氏でした。

藤原氏の前に立ちはだかる敵は天皇家ではなく、源氏だったのです。

藤原摂関政治が完成した理由は、すなわち宮中内での藤原氏の他氏排斥によるもので、その最大の対象が、臣籍降下で生まれた元皇族の源氏だったことを、よく覚えておいてください。

なり手がいなくて開店休業状態だった刑部省《ぎょうぶしょう》

読者の皆さんは、「では同じく臣籍降下で生まれた平家はどうなのだ？」と思われるかもしれません。

平家は平安京を築いた桓武天皇の孫から発した一族で、そのスタートは源氏にはるかに遅れています。そのこともあって当初は源氏に比べて地位は低く、左大臣とか右大臣といった要職には就けず、長らく中級の公家に甘んじていました。後に平清盛《たいらのきよもり》は武士階級初の太政大臣となり、一族は栄華を極めますが、それははるか後《のち》の平安末期になってからのことです。

摂政・関白はもとより、左右の大臣職に就く望みも失って、中央政界での出世の道を絶たれた源氏や平家はどうしたかというと、地方に活路を見出しました。都を出て、国司として赴任するのです。悪い選択ではありませんでした。

メリットの鍵は税制にあります。当時の税制は一種の請負制で、地方税収はその土地の管理人（国司）に任せる、というものでした。

国司となれば数年間の任期中はその国の王も同然で、好き勝手なことができ、民から取り立てた一定の税金は中央に納めなければなりませんが、残りは取り得。国の命令だと偽って自分のための農園（荘園）を作らせるために人民を使役するのも事実上、自由勝手気ままです。

当時の国家行政はシンプルを極めていて、地方の役人が不正を働いているかどうか監視する巡察制度はありません。そして人民は、国司の行動がいかに理不尽であろうと、中央官庁に訴える手は持ちません。

中央での栄達を諦めた中央貴族の関心は、将来国司に何回任命されるか、その国が豊かな国かそうでないかということになり、任命された先でいかに人民を搾《しぼ》り上げて私腹を肥やすかが腕の見せ所となっていきました。そのことが一族の繁栄に通じたのです。

清少納言の『枕草子』の一節「すさまじきもの（興ざめするもの）」の中に、「除目《じもく》に司《つかさ》得ぬ人の家」という言葉が出てきます。どういう意味かといいますと、中級貴族は国司に任命されるために中央の役人に接待や賄賂などの運動をするわけですが、いよいよ人事発令（これが除目です）になってみると自分の名前がなくてがっかりしている人の家のことなのです。こんな姿はみっともないと言っているのですね。

清少納言の父親（清原元輔《きよはらのもとすけ》）は生涯に四度も国司となった人で、最後は八十歳を超えての赴任でした。そんな歳になっても手放したくないのが、地方官＝国司の職だったのです。

源氏も平家も藤原一族によって中央での栄達の望みを絶たれ、地方に積極的に赴任した後でそのまま地方に居着いてしまい、土着化する人たちも現れます。

京都に帰ってしまえば中央貴族である彼らの立場は元《もと》の木阿弥《もくあみ》で、地方で味わったような豊かな暮らしはできません。住まい一つとっても、身分によって住居の大きさは厳しく制限されていましたから大邸宅など夢のまた夢、下手《へた》に目立つことをしようものなら財産没収です。

しかし地方ならやりたい放題ですから、ここに長くいたほうがよほどよい、ということなのです。

彼らが開墾し、届け出がなされない土地は国家から見れば違法な土地ですが、軍隊を持たない中央政府は手出しができず、放置するしかありません。

その代わりに、国家の保護も及ばないこととなり、地方官人から成り上がった開墾領主たちは土地を横取りしようとする盗賊たちを撃退し、自分の身は自分で守らなければなら、ず、そこに武士が発生するのですが、それはこの本のテーマとはまた別のことなので、ここでは省略します。

なぜ、平安期の国家は国家的犯罪に対処できなかったのか。

私が、それはこういうことなのだと、確信している理由を書いておきます。

平安時代の日本も、法治国家という点では今の日本と変わりません。当時の法律「律令」の中には、刑事・警察部門に相当する刑部省が存在します。ところが実際には刑部省は開店休業状態で、ここの仕事をやる人が実際にはいませんでした。ウソのようなホントの話です。

国家予算が足りなかったということもありますが、人の血や死に関わる職業は汚いもの、一段低いものと見る「ケガレ（穢れ）」の考えが強かったためと思われます。誰もやりやくなかったのです。

けれども犯罪を取り締まる人間がまったくいないとなると、中央の高級貴族も朝廷も困りますので、今で言う首都警察のような、限定された地域で犯罪人を取り締まる部門を新設しました。これが検非違使《けびいし》。令外官《りょうげのかん》です。

令外官は律令に規定されたものではなく、臨時の措置としておかれたもので、本来その仕事をするはずの刑部省がきちんと機能していれば問題はなかったはず。仕方なく、身分の低い中級貴族ならケガレ仕事もやってくれるだろうということで設けられました。

黒澤明の映画『羅生門』でも、盗賊の親分・多襄丸《たじょうまる》を捕まえるのは、刑部省の役人ではなく検非違使でした。

しかし都の治安は検非違使でとりあえず守られたとしても、地方の治安は放ったからしでした。

第三章

『源氏物語』の不可解な謎

不遇な十代を過ごした紫式部

紫式部は実名ではなく、いわばあだ名です。

父が藤原為時《ためとき》、母が藤原為信《ためのぶ》の娘であることはわかっていますから藤原◯子とでも言う名だったのでしょうが、当時正式な記録に名前がはっきりと残っているのはごく一部の女性だけで、普通の女性は名を親族だけにしか知らせていませんでした。

皮肉なことですが、紫式部が産んだ娘の名はわかっています。藤原賢子《けんし》といい、通称は「大弐三位《だいにのさんみ》」。なぜわかっているかといえば、紫式部の娘は天皇の乳母《めのと》を務めるほどに出世したので、公式記録に記されたためです。彼女は『百人一首』に、母・紫式部のすぐ後に歌が載ってもいます。

母親の紫式部は歴史上の知名度において娘の何倍も名を残したのですが、未だに本名がわからないというのが事実なのです。

式部という「名」の由来は、為時や弟（兄とする説もあります）の藤原惟規《のぶのり》が朝廷の学問に関する役所「式部省」の役人だったからで、当初は藤原氏の「藤」と合わせて藤式部と呼ばれていましたが、『源氏物語』が有名になったので、ヒロイン「紫の上」に因《ちな》んで通称として紫式部と呼ばれるようになったわけです。

宮仕えしている女性が父や夫の官名に因んで呼ばれたのは、清少納言や和泉式部と同様です。生年は天禄《てんろく》元（九七〇）年、天延《てんえん》元（九七三）年と諸説ありますが、没年は不詳とされています。

紫式部の父母は、藤原北家《ほっけ》の嫡流・冬嗣《ふゆつぐ》の一門です。父方は冬嗣の嫡男・良房《よしふさ》の異母弟だった良門《よしかど》の子・利基《としもと》から出ています。利基の六男・兼輔《かねすけ》が紫式部の曾祖父です。兼輔の子・雅正《まさただ》は各地の受領《ずりょう》を歴任した人で、紫式部の父である為時は雅正の三男。文章《もんじょう》生《しょう》出身の、いわば学者でした。

母方は、これも良房の同母兄・長良《ながら》の流れを汲み、外曾祖父は中納言まで上りましたが、外祖父は右馬頭《うまのかみ》にとどまり、その娘が為時の妻となり、紫式部を産みます。母も紫式部本人も、女性ですから本名（諱《いみな》）は不明です。

幼少期の有名な話――母を同じくする兄弟の幼い惟規が漢文の書物を読んで修得できずにいた時、紫式部は傍《かたわ》らで聞いてすらすらと覚えてしまったため、父親は「この子が男子ならよかったのに」と悔やんだとのこと。

父の為時は、花山《かざん》天皇が皇太子だった頃に漢文を教えていたこともあり、花山天皇の代には式部省の大丞《だいじょう》（役人の位）に就いて順調な出世コースにいたのですが、花山天皇が藤原氏の謀略によって突然出家・退位した後は、あおりを食って官職に就けず、十年間も失職して不遇失意の日々を送ります。花山天皇の在位はわずか二年ほどでしたから、父が恵まれた役職に就いていた時期は短いものでした。

為時は、藤原道長が兄の道隆一家を陥れて執権の座を手に入れた長徳《ちょうとく》二（九九六）年、越前国の長官である国守《こくしゅ》として返り咲き、すでに二十数歳になっていた紫式部も父に従って越前まで下っています。

近江国大津《おおつ》から船出し、琵琶湖西岸を北上して塩津《しおつ》に上陸、山越えをして苦労の末に敦賀《つるが》に入りますが、輿《こし》を担ぐ人夫《にんぷ》の「難儀な道だ」とのぼやきに対して、「世の中は辛いものなのよ」との歌を詠んでいるあたり、すでに文才に長けた才女といった趣《おもむき》です。

紫式部は越前に一年ほど滞在してなぜか単身帰京、四十五歳という父ほどの年齢にもなる年上の男・藤原宣孝《のぶたか》と結婚します。

当時の貴族の娘は十代半ばで結婚するのが普通でしたから、二十六歳という彼女の年齢は、当時としては超晩婚でした。晩婚となった理由として、十代の適齢期に父が失業して

紫式部系図

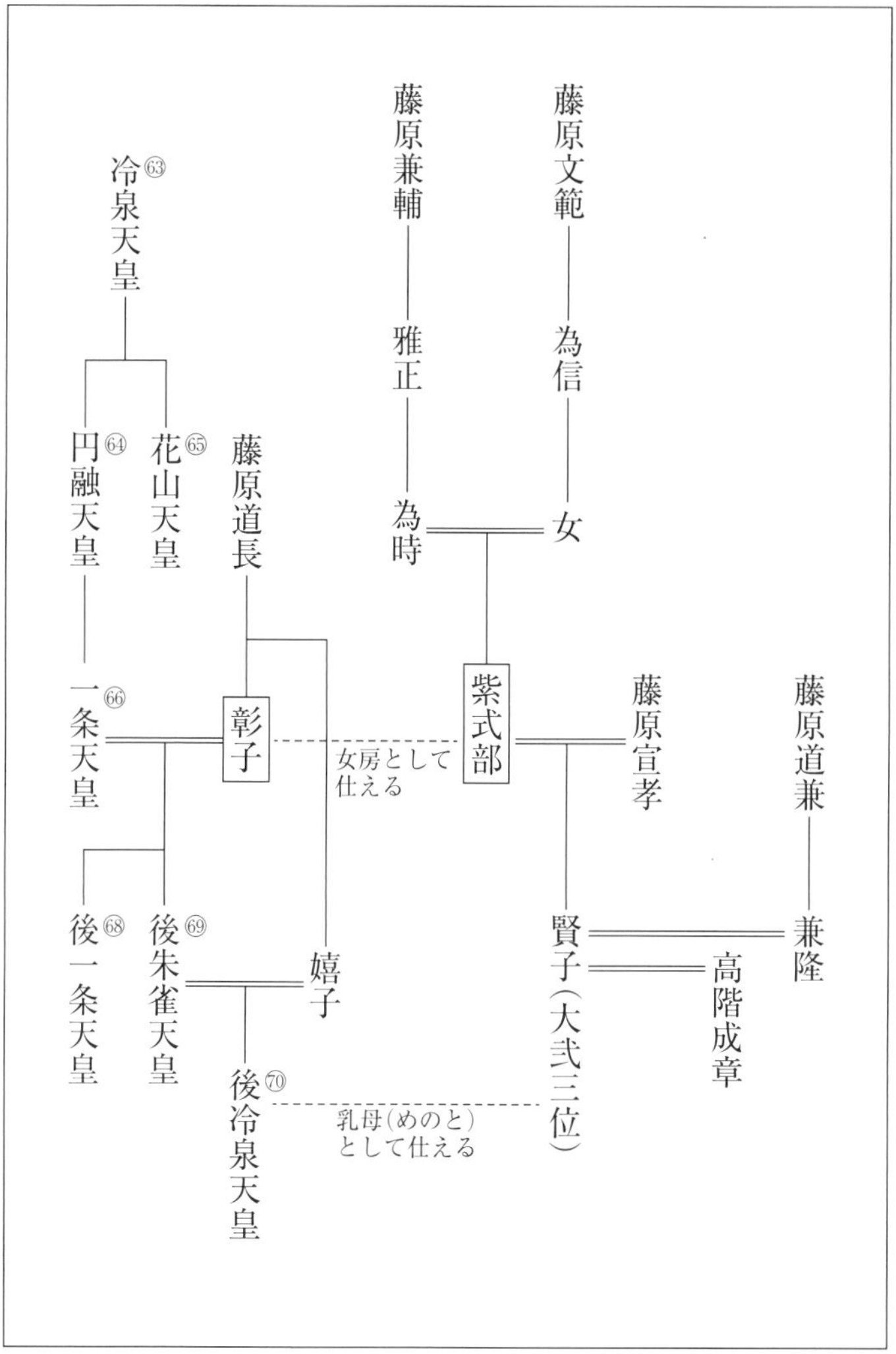
藤原文範
為信
女
藤原兼輔
雅正
為時
紫式部
藤原宣孝
藤原道兼
兼隆
賢子（大弐三位）
高階成章
冷泉天皇 63
円融天皇 64
花山天皇 65
藤原道長
一条天皇 66
彰子
女房として仕える
後一条天皇 68
後朱雀天皇 69
嬉子
後冷泉天皇 70
乳母（めのと）として仕える

いたからとも、高貴な人に女房として仕えていたからとも言われ、諸説ありますが、確かなことはわかりません。

宣孝にはすでに何人かの先妻があり、その子供たちもいました。地味な学者肌の父・為時と違って、宣孝がそうとう派手で自己顕示欲の強い男であったことは、清少納言の『枕草子』「あわれなるもの」の段に書かれた、金峯山《きんぶせん》詣での折に宣孝がきらびやかな衣装で人々を驚かせた、との逸話からも想像されます。

宣孝は、筑前国や山城国の国司を歴任しています。

一条天皇への特別な献上品だった『源氏物語』

『源氏物語』の執筆がいつ着手されたのかは不明ですが、紫式部の評判を宣孝は耳にして、彼女に興味を覚えたのではないかとされています。

印刷技術が存在しない時代ですから、物語はすべて手写しで広まります。紫式部の姉や友だちが彼女の書いた物語をおもしろがって写本し、それが口コミで周囲に伝わり、ますます手写しする人が多くなって評判を取っていく流れです。評判は評判を呼んで、紫式部の文才は宮中ではかなり広範囲に認められていたはずです。

紫式部が宣孝との間に一人の女子・賢子を生んだ後、宣孝は長保三（一〇〇一）年に病死。わずか二年半の結婚生活でした。賢子は先に触れたように、後に親仁《ちかひと》親王（後の後冷泉天皇）の乳母となり、関白藤原道兼《みちかね》の二男・兼隆《かねたか》の妻となる人です。未亡人となった紫式部は家に引き籠り、一人静かに物語を書き継いでいきます。

自撰歌集の『紫式部集』に夫の死を悼《いた》む歌が見られないことからして、余り幸せな結婚ではなかったのではないかと思われます。

藤原道長の権力掌握の野望は、このころにはほとんど達成されています。政敵の兄の道隆一家を失脚させ、内覧《ないらん》（摂政・関白に準ずる職）となり、娘・彰子を一条天皇の中宮としての入内を成功させています。

唯一の気がかりは、一条天皇の愛の矛先が先に入内していた姪《めい》の皇后・定子のほうに強く向けられていることとした。定子の周りには才女で名高い清少納言などがいて、文化的な趣味の高い天皇の気持ちを惹きつけていたのです。

道長には、定子のサロンに負けないために、より魅力的な文化サロンを彰子の周りに作る必要がありました。もちろん、彰子の下《もと》に一条天皇の歓心を引くためです。

そこで、白羽の矢が立ったのが、紫式部です。それほどまでに、すでに彼女が書く物語は評判になっていたということでしょう。

後に『源氏物語』として大成する物語が、紫式部が宮中に入った段階でどの程度進んでいたかはかわりませんが、物語を持参しての宮中入りであったことは容易に想像されます。『源氏物語』は、一条天皇への特別な献上品だったとも言えましょう。

道長には、定子に仕える清少納言が書いた『枕草子』が、宮中で人気を得ていたことへの対抗意識があったはずです。

彰子は一条天皇の最上位の妻である中宮の立場にありました。道長のライバル・藤原道隆の娘である定子は道隆没後に宮廷内の地位が微妙なものになり、新たな中宮として彰子が入内したのです。

『御堂関白記』によれば、長保元（九九九）年二月、彰子は裳着《もぎ》（成人式）を挙げています。いまだ数えで十二歳ながら、これで大人ということになり、同年十一月に晴れて入内に至ります。これに伴って、彰子より十一歳年上の定子は皇后となりますが、まもなく亡くなってしまいます。

『源氏物語』が長編となった理由

『源氏物語』は全編五四巻、おおよそ九四万三〇〇〇字です。これを記すための料紙《りょうし》は六一七枚必要、との研究があります。一枚の紙に一六〇〇字程度書いたとしての計算ですが、あくまで清書した場合の計算で、書き損じの紙は計算外です。

料紙なる紙は民間では手に入らない貴重な紙のことで、当時の都の市《いち》には紙を売る店はなかったようです。はたしてこの紙は誰が提供したのか。今に残る大きな疑問ですが、料紙に加えて筆や墨を与えた特定の人物が、必ずやいるはずです。

その人物を道長とすることはきわめて自然な推理で、とすると『源氏物語』は当初から道長に執筆を促《うなが》され、執筆に必要なものの提供を受けて書き進められたということになります。

ちなみに料紙とは、かな文字を書くために特別に加工、装飾された華やかな紙で、平安時代に日本独自の紙として開発されました。ぼかし染めや金箔を振りまくなどの技法を使い、漢字用の紙（画仙紙）と比べて、はるかに高価なものでした。

道長という、日本一の実力者である強力なパトロンを得て、紫式部は心おきなく執筆に没頭します。

周囲にいた女房たちもさることながら、物語の次の展開をいち早く読める最高に恵まれた読者は、一条天皇と中宮・彰子でした。

彰子と一条天皇の仲を近づけるという道長の計画は見事的《まと》を射て、一条天皇は『源氏物語』の続きが早く知りたくて、彰子のいる部屋を訪れる回数が以前より多くなります。

部屋の中で、特に声の美しい彰子付きの女房が物語を読み上げるのを天皇と彰子は二人して聞き惚《ほ》れ、おそらくその片隅に目立たぬように紫式部は控えていたはず。実作者としては、言うに言われぬ満悦を味わっていたと思われます。

当時、物語は声に出して読み上げられるのが一般的な鑑賞法でした。『源氏物語』はこのようにして寛弘三（一〇〇六）年頃から後宮でもてはやされ、執筆と並行して声読されていったのです。

『源氏物語』があれほどの長さを持っているのも、物語の先を切望した天皇や彰子たちの、早く続きを知りたいとの希望が途絶《とだ》えなかったからでしょう。物語が早く終わってしまっては、彼らの楽しみがなくなります。

また道長にしても、二人の仲を長く保つためには『源氏物語』の力を借りたかったわけで、早く物語が終わってしまってはその効果がありません。物語が長ければその分二人で過ごす時間も長くなり、会話もはずむのですから、長々と物語が続くことを願っていたはずです。

執筆をしながら目の前で物語が読まれていくという形は、まるで今日の連載小説のようなもので、作者は読者の反響を感じながら書き進めることができます。作者としては確かな手ごたえを感じられるわけで、そのことも執筆の励みになったかもしれません。

一条天皇は生来文学趣味が高かったようで、物語の鑑賞眼も備わっていたのでしょう。もしかしたら「こうしてほしい、ああしてほしい」と紫式部に的確な注文をつけたかもしれません。

国家君主である天皇と、絶対的な政治権力者の道長に支えられているという、作者にとっての、望むべくもない晴れがましい環境が、長大な物語を書き上げる原動力になったものと思われます。

やがて彰子は皇子（敦成《あつひら》親王）を出産。道長の喜びは、いかばかりだったでしょう。

寛弘五（一〇〇八）年十一月一日、敦成親王の生誕五十日目のお祝いの宴席で、歌人と

敦成親王の誕生50日目の祝いの場面「紫式部日記絵巻断簡」(東京国立博物館蔵、出典：ColBase https://colbase.nich.go.jp)

しても有名だった藤原公任《きんとう》が紫式部がいる局《つぼね》に向かって、「このわたりに、わかむらさきやさぶらふ（このあたりに若紫はいますか？）」と声をかけたことが『紫式部日記』に書かれています。このことから、すでに『源氏物語』は、第五巻の若紫巻まで書き進められていたことがわかります。

その巻では、主人公の紫の上のことを「若紫」と呼んでいて、公任は紫式部をそれになぞらえているのです。

藤原道長も、紫式部との間で『源氏物語』を話題に出して和歌の贈答をしており、パトロンである彼が『源氏物語』に目を通していたことが判明しています。

ところで、当時の物語の作者名は、多くの

場合わかっていません。『竹取物語』も『伊勢物語』も作者名は不明。男性が作者であった場合は、物語の制作というものは表立って名前を出すほどの仕事ではなく、ただの憂さ晴らしによるものでした。名を出すのが恥ずかしかった、とも言えます。

『源氏物語』の作者が紫式部だと特定できるのは、彼女自身の生活記録である『紫式部日記』が残されているからで、作者名が判明しているのは当時の常識からすると例外的なのです。

『源氏物語』は一〇〇〇年前後から書き起こされて、完成までに十数年かかったとされますが、今日残っている形に整ったのがいつであるかは、正確にはわかっていません。

作者複数説の謎

『源氏物語』には、紫式部以外の作者もいたのではないかとする見方が古くからあり、今日でも論争の的となっています。

私のデビューのきっかけとなった江戸川乱歩賞受賞作家の先輩に藤本泉《ふじもといずみ》さんがおり、彼女が『「源氏物語」多数作者の証』（講談社）なる本を書いています。藤本さんは推理作家であるとともに、『源氏物語』の研究者でもありますが、一般にはあまり知られていない本なので、その内容をかいつまんで紹介してみます。

藤本氏によると『源氏物語』には、八〇〇種類もの文献から引用した事項が盛り込まれていて、これは現代のように多くの書籍が刊行されている時代であってもおそらく不可能に近い数字だとしています。

私も小説の実作者であるからわかるのですが、作者は自身が収集した資料を取捨選択して、架空のフィクションを作り上げます。その中で実際に使える資料は、集めたものの中からおおよそ半分以下、せいぜい一割か二割といったところが相場ではないでしょうか。

その前提で考えますと、仮に二割の材料を使ったとして八〇〇種類もの文献からそれぞれ引用を試みるとすると、ざっと四〇〇〇冊ほどの本を元の資料として使う計算になります。平安時代は少数の辞典や中国の古典籍以外はすべて写本、つまり手書きです。図書館も、書籍のデータベースもない時代に、これほどのことが個人の作業としてはたして可能でしょうか。まず、不可能なことでしょう。

藤本氏ではありませんが、専門の国文学研究者は、語彙《ごい》の数も指摘しています。その数、なんと約一万四〇〇〇種類。これは「広辞苑」の実に一八分の一に当たる数です。

これだけの言葉を一人で使いこなす人間は、まずいないと言っていいと思います。約一万四〇〇〇語の言葉で構成されている『源氏物語』は、たった一回しか出てこない語彙がとても多く、藤本氏が数え上げたところでは、六三四一語。実に四五パーセントに相当する数です。

加えて、『源氏物語』は、さまざまな文体が入り混じっているのが特徴です。文体というものは作者の好み、癖《くせ》が反映されるものですから、意識的に変えようとしても容易にできることではありません。俗に言う「書き癖」というものですね。はたして一人で、一つの物語の中で、数多くの文体を書き分けられるものなのかどうか。

藤本氏の鋭い指摘は続きます。五四巻に及ぶストーリーは、その長短の差がはなはだしいことでも有名です。「若菜《わかな》」が一番長く、上下合わせて現在の普通の本にして一〇〇ページ以上にわたるのに対し、「花散里《はなちるさと》」「関屋《せきや》」「篝火《かがりび》」などは短くて、せいぜいが三、四ページ分でしかありません。どう考えてもこの長さの差は極端すぎませんか？

そして、藤本氏が指摘するところの最大の問題点は、登場人物の数。その数、なんと五〇六人。台詞《せりふ》はないけれどストーリーと何らかの絡みがあるといった程度の人は含まずで、この数字です。

なぜこんなに多いのかと言えば、『源氏物語』には端役《はやく》がやたらとたくさん出てくるからです。藤本氏は比較の対象として、『源氏物語』の三倍の長さを持つ、マルセル・プルーストの超大河小説『失われた時を求めて』の登場人物を数え上げています。それによると一二六二人しかいなかった、としています。

物語を作る上で、作者の立場からすると、できるだけ登場人物は効果的に使いたい（一回こっきりで使い捨てるよりも、何度でも使いたい）と思うのが自然です。それなのに、登場人物五〇六人のうち六割強に当たる人間が、ある一巻だけにしか登場しない「使い捨てキャスト」なのだそうです。

少々長くなりますが、『「源氏物語」多数作者の証』から、特に重要と思われる部分を引用してみます。

「実例をほんの少しあげると、巻一「桐壺」には、光源氏の父桐壺帝の侍女に靫負《ゆげい》の命婦《みようぶ》という女官がいる。かなり長い話をともなって現れて、これがなかなか読者を泣かせる話なのである。ところがその後、桐壺帝がほかの巻に登場しても、この靫負の命婦はけっしてどこにも出てこない。これは巻一「桐壺」だけのキャストなのだ。

同じように桐壺帝の侍女には内侍《ないし》のすけがいて、これも小さいながらかなり印象的な役どころを与えられているが、やはり、二度とふたたび他の巻には姿を見せない。

また同じ巻には、幼い光源氏の後見人たる右大弁という貴族が登場するが、彼もまたその後、けっして光源氏の身辺に出て来ない。ほかならぬ光源氏の後見人なのだから、どこかで話のついでにちょっとぐらい思い出されてもよさそうなものなのに、作者はまったく忘れているようだ。（中略）

巻五「若紫」には、彼が最初に幼い紫の上の邸から朝帰りしたとき、恋人の家の門を通ったついでに、朝霧の歌を贈答するシーンがある。この恋人はここで始めて出る人物だが、どうも昔なじみのようだ。しかしこの人物はその後すっかり姿を消し、どこにも現れない。

そして問題なのは、こうしたかなり重要な、印象的な役を持って登場した人間がその後どうした、例えば死んだとか、何かで姿を消したとかいうことは、全く一切語られていないのである。

確かに今から千年前の初めての長編小説ということではあるが、それでもこのキャストの使い捨てぶりは極めて異常で、少なくとも実際の長編小説を書いたことのある人間にとっては、違和感がものすごく感じられるのである」

ここに出てくる「命婦」とは、後宮の女房の一つです。この命婦がもっと長く登場しつづけてくれれば、さぞやおもしろい話になっただろうにと、藤本氏は残念がっているのです。

最初は光源氏のサクセスストーリーだけだった？

藤本氏は以上のように、実作者の立場から『源氏物語』は複数の人間の手によるものではないかと推測しているのですが、ストーリー展開の観点から作者複数説を唱える国文学者は古くからいました。

有名なのは、第一部（桐壺〜藤裏葉）の三三巻がA系、B系に分かれているという、国文学者・武田宗俊《たけだむねとし》氏の指摘です。

A系は巻数でいうと、一、五、七、八、九、一〇、一一、一二、一三、一四、一七、一

八、一九、二〇、二一、三二、三三巻。
一巻の次に入る二、三、四巻と、五巻の次に入る六巻、一四巻の次に入る一五巻、一六巻、そして二一巻の次に入る二二巻から三一巻までの間がB系ということになり、『源氏物語』は構成上二つに大別される、ということになるそうです。

もともとA系が存在していたところに、後からB系が付け加えられたという説なのですが、なぜそれがわかるかといえば、A系においては登場人物の使い捨てが比較的少なく、A系だけできちんと話がつながるからです。

A系を貫く話は、帝の第二皇子として生まれた光源氏が、一度は臣籍降下をした末に数々の試練を乗り越えて最後は架空の最高位・准太上天皇《じゅんだいじょう》にまで栄達して、その子孫たちもみな栄耀栄華を迎えるという完全なサクセスストーリーです。現実には存在しない架空の最高位を設定したのは、光源氏を極限までに祀《まつ》り上げているためです。誰よりも偉く、尊い存在に止揚《しよう》するには、太政大臣では役不足だったのでしょう。

そこに外国思想に彩られたB系のストーリーが適宜《てきぎ》挿入《そうにゅう》されたのではないか、と考えられる、としています。

A系には日本人本来の心のありよう、その源流となる考え方が流れ、B系として外国からきた仏教ないしは儒教の考え方が接合されたのだとしたら、確かに「A系・B系」が存在するという指摘にはうなずけるものがあります。

一例を挙げてみましょう。光源氏は父親の妻の一人と密通して子を成すのですから、これはまごうことなき不倫です。

不倫ということでは、後に光源氏の妻となる女三宮《おんなさんのみや》も青年貴族・柏木《かしわぎ》と密通しています。そんなこともあって、光源氏もまた女三宮が産み落とした罪の子・薫《かおる》を自分の子として抱かなければならなくなります。

『源氏物語』は不倫小説といってもいいでしょう。しかも後半の「宇治十帖」では、薫が主人公となっていくのですから、B系に見られる外国由来の倫理観はまったく垣間見られません。

そんなこともあって、江戸時代には「前代未聞の不倫小説」と見做されて、こうしたものは良家の子女が読むものではない、とされていたようです。

最初はA系で書き進められたものの上に、後になって仏教・儒教思想が日本に浸透したために、これでは「もののあはれに反する」とされて、B系のストーリーが挟み込まれていったのかもしれません。

江戸時代の国学者・本居宣長《もとおりのりなが》は、「『源氏物語』には『からごころ』に惑わされない、日本人の源流の考え方がある」といったことを主張しましたが、これはA系に当たる部分のことを言ったのでしょう。

世界文学の長編小説といえばトルストイやドストエフスキー、スタンダールやプルーストなどの作品が思い浮かべられますが、それらが書かれた時代より、おおよそ約八世紀も前に東洋の島国に誕生した大長編の大恋愛小説があります。そう、日本が世界に誇る文化

『源氏物語』のA系とB系

B系		A系
		①桐壺
②帚木 ③空蟬 ④夕顔	→	
		⑤若紫
⑥末摘花	→	
		⑦紅葉賀 ⑧花宴 ⑨葵 ⑩賢木 ⑪花散里 ⑫須磨 ⑬明石 ⑭澪標
⑮蓬生 ⑯関屋	→	
		⑰絵合 ⑱松風 ⑲薄雲 ⑳朝顔 ㉑乙女
㉒玉鬘 ㉓初音 ㉔胡蝶 ㉕蛍 ㉖常夏 ㉗篝火 ㉘野分 ㉙行幸 ㉚藤袴 ㉛真木柱		
		㉜梅枝 ㉝藤裏葉

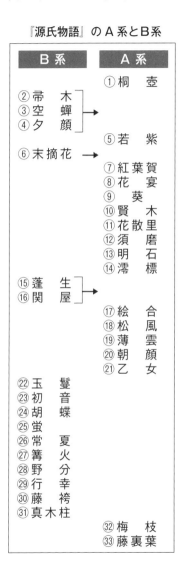

遺産といってもよい『源氏物語』です。

今から千年以上も昔の平安時代、紫式部という子持ちの一未亡人の手によって成された偉業です。

巻頭には主人公・光源氏の父帝と生母の恋が語られ、光源氏の死後はその孫の世代の恋愛事件までが描かれているのですから、光源氏を中心にしてなんと四代にわたる恋愛大河小説。

一巻ごとに巻名がつけられ、最初の「桐壺」から最後の「夢浮橋《ゆめのうきはし》」まで、現代の四〇〇字詰原稿用紙に換算して約二四〇〇枚にものぼるとされる文字量が盛り込まれた一大作品です。

前述したように、作者は紫式部一人ではなく複数いたのかもしれないという説もありますが、複数説を確定させる最終的な証拠は見つかっていません。創作ノートというべきものが残されていないので、はたして巻名の順番通りに書き進められたのかもはっきりしませんが、宮中に侍《はべ》る一女性が成した驚くべき偉業ということに、異論を唱える人はいません。

紫式部が『源氏物語』の実作者であることは、なによりも彼女自身の日常生活の記録である『紫式部日記』中にある、いくつもの記録からして確かなことです。実は物語文学の歴史からすれば作者が判明していること自体が大変珍しく、日本で確実に作者が特定されている作品は『源氏物語』以前にはありません。

元来、物語は男性作者の手によるもので、漢詩などと違って価値の高くないものでしたから、作者名などどうでもいいと見做《みな》されていました。『源氏物語』で初めて、作者名が伝えられることになったのは、すなわち「作品」として認知されたということであり、画期的なことなのです。

「源氏の中宮」が続くことが肝心

主人公が光源氏と呼ばれる「源氏」であることが、なによりも重要です。

『源氏物語』は全五四巻を通して、光源氏という臣籍降下した皇子が栄達の末に帝《みかど》の隠《かく》れた父となり、父を凌《しの》ぐ威勢を得て、准太上天皇というこの世の最高位を与えられる、彼の栄華の物語です。

准太上天皇とは現実の帝をすら超えた至高の存在で、桐壺巻で高麗《こま》の相人《そうにん》（人相を視る人）が光源氏を見て、すでにそのことを予言していました。その予言は、「臣下にして臣下にあらず」という天皇を越えた地位に就くだろうというもので、それが「源氏」であることが、物語の最大のポイントです。

言い換えれば、このように異数の出世をする主人公は「源氏」でなければならなかったわけで、准太上天皇実現のために物語は周到に皇室の歴史を組み込んで展開していきます。

すなわち、物語では桐壺帝、朱雀《すざく》帝、冷泉《れいぜい》帝と続く皇位継承は、歴史上の醍醐《だいご》帝、朱雀帝、村上《むらかみ》帝と重なるのです。ここにおいて、光源氏は醍醐天皇の皇子 源《みなもとのたかあきら》 高明と対応する人物であるとする読み方が可能となり、光源氏の須磨《すま》下向は源高明の安和《あんな》の変による左遷とトレースするのです。

光源氏は准太上天皇になり、極上の栄華を実現するのですが、物語はここで終わらずに栄華が内側から崩壊してゆくさままで書き継がれていることに、『源氏物語』の特徴があります。このあたりが世界に冠たる文学作品である由縁でしょう。

物語上「源氏」の存在が重要であるのは、物語に登場する中宮（中宮不在であった朱雀帝の代を除く三代の中宮）が左大臣家や右大臣家ではなく、いずれも「源氏の后《きさき》」であることからもわかります。

藤壺は先帝の皇女、秋好《あきこのむ》中宮は前皇太子の娘で、いずれも源氏の血筋。もう一人の明石の中宮は、光源氏の娘です。「源氏のうちづづき后にゐたまふべきことを世人飽かず思へるにつけても」と、秋好中宮も明石中宮も、「源氏の后」が続くことに対して世間の非難を浴びながらも立后が実現したと、物語では設定されています。

歴史的には中宮は藤原氏から出るのが通例であり、前述したように藤原氏の権力の源泉はそこにありました。しかるになぜ、『源氏物語』では、藤原氏ではなく源氏から中宮を多く出しているのか。

光源氏の栄華と、源氏出の中宮たちの存在は、おそらく同じ執筆動機でつながっています。

すなわち、藤原氏が悪辣《あくらつ》な手を使って宮中で息の根を止めた源氏一族に対して、その恨みの気持ち（怨霊）を鎮めてもらうために、物語の中でよい思いをさせてあげようとしたのです。ここに『源氏物語』の謎を解く最大の鍵があります。

光源氏のモデルといわれる源融《みなもとのとおる》

ところで、なぜ光源氏が当代随一の美男子とされたのでしょうか。

日本の美男子の代表が光源氏だという「常識」は、平安時代後期にはすでに定着していたようで、『平家物語』では平清盛の孫・維盛《これもり》が「光源氏の再来」という設定として書かれており、その美男子ぶりを強調されています。

引目《ひきめ》鉤鼻《かぎはな》で細表《ほそおもて》という顔形《かおかたち》もさることながら、光源氏が書、和歌、雅楽の才に優れていたことが「男の魅力」であったことは確かでしょう。これら三つの教養を人並み以上に身につけていることが、平安貴族の必須課目だったからです。

ところで、光源氏のような美形は実在したのか否か。

モデルとして最有力視されている源融が、どのような風貌であったかはわかりません。ただ彼は嵯峨天皇の第十二皇子ですから、前記の三つの教養を充分に修得していたはずです。

彼が東京極大路《ひがしきょうごく》と六条大路が交差する場所に建てた別業《べつごう》（別荘）「河原院《かわらのいん》」が、『源氏

京都市・渉成園（枳殻邸）

物語』の中で光源氏が造営した「六条院」のモデルとされていますから、優雅な暮らしぶりだったことは疑う余地はありません。

今の京都市下京区の東本願寺の隣りにある渉成園《しょうせいえん》（枳殻邸《きこくてい》ともいいます）は、河原院の跡とされています。

『伊勢物語』には「賀茂川のほとりの六条大路にある源融邸は、たいへん趣《おもむき》深く造られている」と紹介されています。邸の庭に陸奥《むつ》国の塩竈《しおがま》の浦の塩焼き風景を再現させるために、難波《なにわ》の海から毎月大量の海水を運び込ませたといいます。

『伊勢物語』を愛読していた紫式部のことですから、「六条院」の風景を描き出すのはたやすいことだったはずでしょう。

源融のことを述べておきます。

弘仁《こうにん》十三（八二二）年に生まれ、父は空海とともに名筆家とされる嵯峨天皇、「三筆」の一人です。臣籍降下して源姓を名乗り、幼少のころから宮廷での顕職《けんしょく》を歴任しました。三十代半ばで参議になるまでの間に、相模守、近江守、美作守《みまさか》、伊勢守などの国司職を歴任しますが、むろん、自身は京にいるだけの「遥任《ようにん》」で、現地の荘園からの収入で営々と富を蓄えていきました。河原院の風雅の源泉はこの富にあります。

大納言を経て左大臣にまで登りつめ、河原院が都の評判を呼んだために「河原大臣《かわらのおとど》」と呼ばれました。河原院は当時の都の文人墨客《ぶんじんぼっかく》のサロンとなり、都人《みやこびと》たちは遠い陸奥《みちのく》の塩竈の風景に思いを馳《は》せて、旅情に浸《ひた》るのを喜びとしました。

『古今和歌集』の「恋歌」に、源融の歌が収められています。

陸奥のしのぶもぢずり誰《たれ》ゆえに
乱れんと思ふわれならなくに

しのぶとは、今の福島市あたりの古名で、かつての信夫荘《しのぶしょう》。この地は乱れ模様の絹を産し、その模様がもじれて（もつれて）乱れた様子であることから「信夫捩摺《もじずり》」と都で呼ばれて珍重されていました。それを踏まえた上での歌です。

〈陸奥のしのぶもじずりの乱れ模様のように、あなた以外の誰かの求めのままに身も心もゆだねてしまう私ではありません。私の心はあなたのもので、乱れてなどはいませんよ〉という心の裡《うち》を歌った秀歌です。

光源氏のモデルとされる源融は、高い冠位に昇りながら風雅の道にも通暁《つうぎよう》した人物でした。

全五四巻の長大な物語を仮に三部に分けてみると、第一部（桐壺～藤裏葉《ふじのうらば》巻）は、光源氏が栄華を獲得していく中で、彼と女君たちとの多種多様な恋をめぐる物語です。光源氏は、現実の政治世界の中枢にいて、さまざまな恋を繰り広げます。

光源氏の栄華は、藤壺との罪に支えられていますが、彼女だけでなく朧月夜《おぼろづきよ》や朝顔斎院《あさがおのさいいん》といった許されざる相手との危険な恋も、次々と発生します。女性たちにとっても、光源氏との恋は自らの運命を狂わせる危ないものです。女たちに迫る現実世界の危険と背中合わせに、光源氏の栄華が進んでいきます。

第二部（若菜《わかな》～幻《まぼろし》巻）では、頂点を極めた栄華のただ中で、光源氏は人間がこの世を生きることの意味を問い始めます。

第一部で作者自身が作り上げた世界を相対化させ、第一部の世界の問い直しをしようとした、とも言えます。登場人物の人間関係においても、意志の疎通が滞ったり誤解が生じたりし、物語は複雑さを増していきます。

第三部（匂宮《におうのみや》～夢浮橋《ゆめのうきはし》巻）の中核「宇治《うじ》十帖」に入ると、物語は人間同士の理解や心の通い合いの難しさを超えて、この世に生きるための心の救いを探るかのように進んでいきます。薫と大君《おおきみ》の物語は、男女の真の心の通い合いについて語っており、二人を通して、深く心の内側に分け入る作りになっているのです。

このように『源氏物語』は統一された大テーマのある物語ではなく、さまざまな読み方、味わい方のできるものなのですが、人口に膾炙《かいしゃ》して多く読まれた部分は、第一部に相当する光源氏の栄華物語であろうと思われます。

そしてそこにこそ、『源氏物語』が書かれた真の意図が隠されているのです。

光源氏も苦悩を抱えたまま亡くなる物語

『源氏物語』のストーリーを振り返ってみます。

主人公・光源氏は平安時代の中ごろに、桐壺帝の第二皇子として生まれました。幼少のころより人も羨《うらや》む美貌と才能の持ち主で、「光り輝く皇子」と見做されての呼び名が、光源氏（光の君）です。

桐壺帝には正式の皇后はいませんでしたが、光源氏の母に当たる桐壺更衣よりも身分が高い女御《にょうご》（女房）がいました。右大臣の娘である弘徽殿《こきでんの》女御です。女御というのは、数多くいる天皇のお后の中で、中宮に次ぐ地位を表わす名称で、一人とは限りません。通常、住んでいる御殿の名をつけて呼ばれます。

弘徽殿女御と桐壺帝の間には、すでに第一皇子が生まれています。光（以後、主人公を光と略します）は次男であり、生母の地位も低いわけで、皇太子になる（皇位に就く）身分ではありませんでした。

天皇は長男よりも光を愛していましたが、光を次代の天皇にすることは諦め、臣籍降下させて「源氏」の姓を授けます。

光の母・桐壺更衣は、光が三歳になった時点で亡くなります。更衣は桐壺帝に大変気に入られていたので、天皇に愛されたいと願う他の多くの女房たちの嫉妬《しっと》を受けてのストレスから、心を病んでしまったのです。

天皇が桐壺更衣を忘れられずにいたころのこと、桐壺更衣にそっくりの女性・藤壺と出会います。藤壺は前の天皇の娘という高貴な娘。桐壺は生家の身分が低いので更衣にしかなれませんでしたが、藤壺はいきなり女御になることができました。

藤壺は光の五歳年上。光は最初に会った時から藤壺に恋心を抱き、成長するにつれて思いは高まり、ついには父親の妻である彼女と体を交わしてしまいます。

あろうことか、そのたった一度の交接によって、藤壺は光の子供を宿します。桐壺帝はその子を自分の子だと思い、溺愛《できあい》。臣下となった光が桐壺帝の御前に出た時には、その子を示して「お前の小さいころにそっくりだ」と言うのです。光は良心の呵責《かしゃく》に悩まされます。

光が十二歳になると、左大臣家（名前は書かれていません）が光を婿《むこ》とすることを決め、自分の娘の葵《あおい》の上《うえ》を光の正妻とします。四歳年上の姉さん女房でした。

ところが葵の上と光の夫婦生活はうまくいかず、ここから光の、とめどない女性遍歴が始まります。理想の女を求めた生涯の始まりです。

その一人が、絶世の美女・六条御息所《ろくじようのみやすどころ》。葵の上の叔母です。光は何度も彼女の許へ通いつめ、愛人にしてしまいます。

葵の上との間には子（夕霧《ゆうぎり》）もできますが、自分という女がありながら妻との間に子を作った光への六条御息所の怨念は、生霊《いきりよう》となって光を苦しめます。葵の上は出産後、六条御息所の生霊に祟《たた》られて命を落とします。

それでも光の女性遍歴は止みません。

ある時、急病に苦しむ光は、比叡山の高僧に回復の祈禱《きとう》をしてもらい、そこでまだ十歳ながら藤壺女御の若い頃によく似た少女に出会います。少女は藤壺女御の姪《めい》だったのですが、十四歳になった時に男女の縁を結び、正妻としました。彼女が紫の上です。

そうこうしているうちに桐壺帝が亡くなり、次の帝（物語の中では朱雀帝）に光の兄が就くことになります。朱雀帝は気が弱く、外祖父である右大臣が権力をほしいままにし、左大臣派は閑職に回されて、光は宮廷に嫌気がさします。失脚もしくは流罪の危険もあると察し、自ずから須磨への退去を決めます。

それを許さなかったのが桐壺帝の亡霊で、「早く都に帰れ」と光を諭します。それだけではなく、桐壺帝の亡霊は朱雀帝の前にも現れて、「わしの遺言に背くな」と責め立てます。遺言とは「弟である光の助けを得て、天下を治めよ」というものでした。

朱雀帝は恐怖のあまり、目を患い、外祖父で右大臣から昇進していた太政大臣が亡くなったこともあって、病の床につくのです。

光は相も変わらず、明石《あかし》で「明石の君」なる女性といい仲になり、二人の間に女の子「明石の姫」が生まれていました。この子は、紫の上の養女となって育てられます。紫の上は嫉妬心を抑えて「明石の姫」を養育し、後に「明石の姫」は女御として天皇の子を産む大出世を果たします。

太政大臣が亡くなった宮廷では、光の義父であった左大臣の息子・頭中将が太政大臣に就き、朱雀帝は自分の娘・女三宮を妻の一人として光に与えます。

ところが光の義兄の息子である柏木なる男が、こともあろうに女三宮に恋心を抱き、子まで作ってしまうのです。その子が、『源氏物語』の続編とも言える「宇治十帖」の主人公・薫です。

光がかつて父親に対してやったことを、今度は柏木にしてやられたわけです。

月日は流れ、光が四十七歳、妻の紫の上が二十九歳になった時、紫の上は病に倒れ、息を引き取ります。悲しみの中で光は自分が死ぬための準備を始め、出家を決めるのが、四一巻の「幻」の巻で、光の上に死が訪れることは読む人誰の目にもわかる作りになっています。けれども作者は主人公の死のことは書いてはいません。

四二巻以降が第三部で、主人公は薫、副主人公が光の孫の匂宮に変わり、光が死んで数年後という設定で始まり、その最後の一〇巻が「宇治十帖」にあたります。

これらのことも「多作者説」の証しで、最初は「サクセスストーリー」であった『源氏物語』に仏教の影響を受けた人々が「因果応報」、つまり「父にしたことを柏木にしてやられた」という要素を書き加えたのだと私は考えています。

第四章

物語文学は
怨霊信仰が生み出した

『古今和歌集』編纂《へんさん》の真の意図とは

日本では怨霊神の力が強いと信じられていたので、その怖ろしい怨霊をどう慰めるか、怨霊を鎮魂していかに気分良く安んじてもらうかが、物語創作の基本動機となってきました。

『源氏物語』は、宮廷内の勝者である藤原氏が敗者である源氏の怨霊を封ずるために、フィクションの形を使って源氏を縦横無尽《じゅうおうむじん》に活躍させて源氏の恨みを晴らしてあげたわけですが、それとは少し違うやり方で怨霊封じを試みた文学作品もあります。

同じく藤原氏によって没落させられた紀氏《きのし》の例を、見てみましょう。

藤原氏は紀氏に対し、『古今和歌集』という勅撰和歌集（天皇の命を受けて編纂された和歌集）の編集権を与えました。紀貫之《つらゆき》に対して、「歌を自由に選んでよい」と、編集の裁量を委《ゆだ》ねたのです。

第五五代文徳天皇（在位八五〇—八五八）には、藤原氏出身の皇后よりも愛する妃がいました。その妃の産んだ子が文徳天皇の第一皇子・惟喬《これたか》親王ですが、長男だからといってそれだけで次期天皇＝皇太子になれるわけではありません。生まれの順番よりも、母親の実家の位が継承権に大きく影響します。

惟喬親王の母は藤原氏に劣る紀氏の出身だったために、藤原氏出身の皇后が産んだ第四皇子が皇太子となりました。後の第五六代清和天皇（在位八五八―八七六）です。

それでも、愛する妃の産んだ惟喬親王に位を譲りたい文徳天皇の思いは変わらず、異例のことながら惟喬親王を清和天皇の皇太子にすることを望みます。

しかし藤原氏はこれを許さず、立太子についてわがままを言う文徳天皇に圧力をかけたとみられます。失意の文徳天皇はにわかに病を発病し、わずか四日で亡くなってしまいます。

彼の死に際して、藤原氏が直接関わった証拠はありませんが、鎮魂のために「徳」の字を入れた諡号《しごう》を贈ったことからも、普通の死ではなかったことが想像されます。

藤原氏は惟喬親王を地方に赴任させ、政治の表舞台から放逐《ほうちく》。これによって紀氏は政権に関与するチャンスを失って、没落します。

ところで一般的には、紀氏の名は『古今和歌集』の編者である紀貫之の名で知られていると思います。その序文（「古今和歌集仮名序」）で、紀貫之が素晴らしい六人の天才歌人として名を挙げているのが、世に言う「六歌仙」。

紀氏出身の親王「惟喬親王」とともに没落したと考えられる人たちが、まさしくその「六歌仙」であると私は見ているのですが、その理由を説明しましょう。

六人はいずれも、『古今和歌集』が作られた時にはすでに亡くなっていますが、一時代前の歌人の代表であるとして絶賛されています。僧正遍照《そうじょうへんじょう》、在原業平《ありわらのなりひら》、文屋康秀《ふんやのやすひで》、喜《き》撰法師《せんほうし》、小野小町《おののこまち》、大友黒主《おおとものくろぬし》の六人です。

ところでこの六人、みな本当に歌詠みの名人なのでしょうか。

勅撰というお墨付きを得た歌集ですから、それだけで権威付けがされて「偉い人だ」「うまい歌詠みだ」と頭から信じてしまいますが、僧正遍照、大友黒主、そして宇治山の僧であった喜撰法師あたり、冷静に歌を鑑賞してみても、特に優れた才があったとは思えません。

小野小町の歌――「思いつつ　寝《ね》ればや人の　見えつらむ　夢と知りせば　さめざらましを」は、確かに当人にしか詠めない名作です。

在原業平の歌――「つひにゆく　道とはかねて　聞きしかば　昨日今日とは　思はざりしを」も、「世の中に　絶えて桜の　なかりせば　春の心は　のどけからまし」も、日本

文徳天皇系図

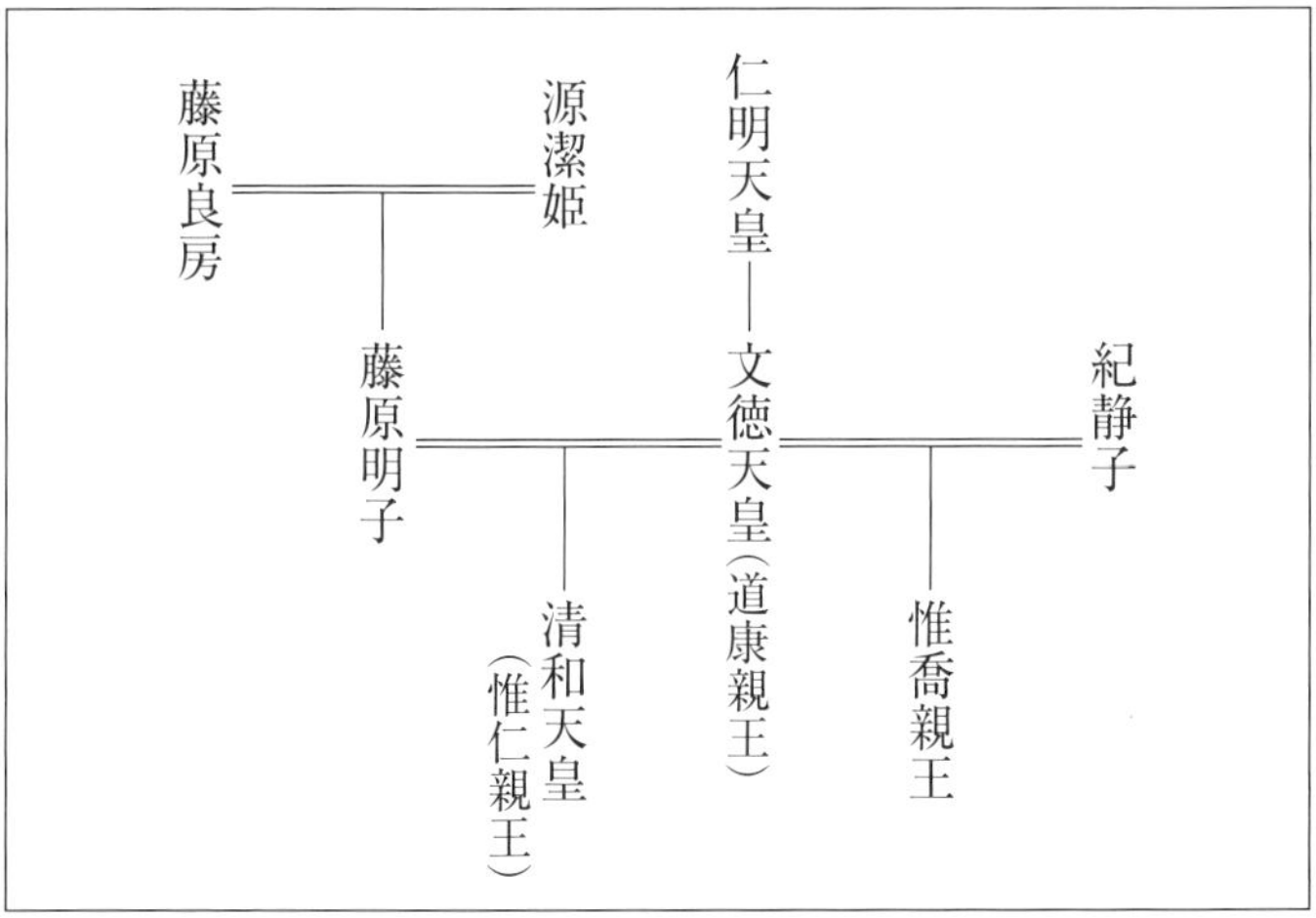

人なら誰の心にもしみじみと染み入る名歌でしょう。

けれども喜撰法師の作「わが庵《いほ》は　都の辰《たつ》巳《み》　しかぞすむ　世を宇治山と　人はいふなり」（私の家は都の南東の方角にあって、鹿の住むその土地を人は宇治山と呼びます）などは、どうでしょうか。

「世を儚《はかな》む」という意味である「世をうじる」に「宇治」を掛けたあたり、テクニックは感じられるのですが、歌の全体像からして「だからどうなの？」といった、冷めた印象を与えてしまう気がします。

大友黒主は『百人一首』にすら選ばれていない歌人で、生涯に詠んだ作品の数もきわめて少ない人物です。『百人一首』はわが国を代表する百人の歌人から一人一首ずつ歌を集めたものですから、そこに収録されているということは、いわば日本の歌人の「ベスト100人」です。『古今和歌集』で「六歌仙」に選ばれた人であるのに、ここに入っていないというのはおかしな話です。

実は『古今和歌集』は、政争に敗れた紀氏に「花」を持たせ、現世の恨みを忘れてもらうために、藤原氏の陰謀で天皇になりそこねた惟喬親王につらなる関係者の歌を集めたものなのです。

惟喬親王が最後に隠棲《いんせい》したのが滋賀県の小野の里と言われる場所で、ここは小野小町一族の土地。在原業平は紀氏から嫁をもらっていますし、文屋康秀、僧正遍照といった人たちも、みな朝廷における惟喬親王派でした。

六歌仙に日本一の美男美女がいる理由

実はこの六歌仙の中には、日本一の美女と日本一の美男とされる二人がいます。

小野小町と在原業平です。歌がうまく、最高の美男美女。これほどまでに持ち上げる必要がどこにあったかを考えると、やはり怨霊信仰にいきつくのではないかと思われます。

明治時代、水死した女性はなぜか「美人」「美女」と書かれて報じられました。水死した女性の姿が美しいわけはありません。水を含んでぶくぶくと膨れ上がり、見るも無残な姿になるはずですが、それが「美人の水死体、上がる」との新聞記事になったのは、死者の怨霊を怖れてのことでしょう。

入水自殺をする場合、多くの場合は世を儚《はかな》んで（恨みを残して）死ぬのでしょうから、そんな人の遺体を「醜《みにく》い」とありのままに表現したら、怨霊に祟《たた》られるのは必定。つまり、怨霊を慰めるために、見た目とは関係なく「美人」と書いたのだと思われます。

そう考えると、小野小町は不幸な死に方をしたから「美人」とされたのかもしれません。

そもそも小野小町が、どうして日本一の美人と言われるようになったかというと、『古今和歌集』の序文に当たる「仮名序」に、こう書かれているからです。

「小野小町はいにしへの衣通姫《そとおりひめ》の流れなり。あはれなるやうにてつよからず」。

『日本書紀』に出てくる伝説の美女が衣通姫です。允恭《いんぎょう》天皇の娘なのですが、衣を通して光り輝くほどの美しさだったとされ、小野小町はその流れを汲んでいる、と言うのです。

正確に読み取れば、紀貫之は、小野小町は美人だと言っているわけではなく、「衣通姫の流れでもある」と言っているにすぎないのですが、後世の人たちが勝手に小野小町本人自身を絶世の美女だと解釈してしまったのだと、私は思っています。

なぜなら、ここで言っている「流れ」とは姿・形のことではなく、歌の様《さま》のことで、「あはれなるやうにてつよからず」というのも、人柄ではなく歌の調子のことだからです。

政争に巻き込まれて意に沿わない人生を送ってしまった女性の怨霊を怖れて、「あなたは素晴らしい美人だったのに……」と持ち上げておきたい気持ちの反映だったのではないでしょうか。

一方、美男・在原業平には、こんな話も伝わっています。

当時朝廷には藤原氏の血を引く女性は一人しかおらず、その娘に何か不幸があれば天皇の后となることは叶《かな》いませんので、藤原氏は神経をすりへらしてはらはらしながら娘を見守っていました。ところが藤原氏のライバル紀氏と関係の深かった在原業平は、その娘を天皇の后に上がらせないために、彼女に偽りの恋をしかけたというのです。

このように語り継がれている噂話の事《こと》の真偽はともかく、『古今和歌集』で六歌仙と讃《たた》えられた人たちがそれぞれ、紀氏一族の許《もと》で反藤原の立場にあったことは確かだと思われます。

紀氏が一族の望みを託した惟喬親王が亡くなるのが、寛平九（八九七）年。その八年後の延喜《えんぎ》五（九〇五）年に『古今和歌集』の編纂が命じられています。

惟喬親王と紀氏一族の怨霊を、御霊《ごりょう》として祀《まつ》ることで鎮魂したい。その願いのために作られた歌集が『古今和歌集』であった、ということなのです。

その約百年後、位人臣《くらいじんしん》を極めた藤原道長が、自分と関係の深かった女性に、かつてのライバル源氏が異数の大出世をする物語『源氏物語』を書かせたのも、同じ動機からです。

放逐したライバルの魂を鎮め、復讐など考えずに安らかに眠ってもらうためには、あの世で「よい気持ちになってもらう」必要があります。たとえ物語の中であっても「よい思い」をしてもらうことができれば、怨霊を慰めることができる。その思いが、日本の優れた文学作品を生んだのです。

世界的に異様に早く生まれた物語文学

不思議なことに、日本には世界最初の近代小説とも言える『源氏物語』が存在します。なぜ「不思議なこと」なのか。それはこういう意味です。

文学は宗教と同じく、その民族の個性が凝縮されたもので、民族文化というものが一定の水準に達しなければ出現できるものではありません。まずは叙事詩が生まれました。叙事詩は世界各地で早くから発達しました。インドでもギリシャ、ローマでも、巨大な叙事詩が存在します。

叙事詩は物語形式の詩の形を取り、近代小説の先駆けを成すものですが、小説と違って心理描写や情景描写が少なく、どちらかというと主観的な心の雄叫《おたけ》びを物語に託《たく》したものです。

成立年代も明らかにならないくらい古い時代に世界各地で生まれた叙事詩に対し、いわゆる小説＝ロマンというものが突然変異のように世界で最初に生まれたのが、日本なのです。

不思議を、奇跡と言い換えてもいいでしょう。この不思議さについては、『源氏物語』を初めて英訳したアーサー・ウェイリーや日本文化の幅広い紹介者・ドナルド・キーンがたびたび言及しています。

この不思議さについては、

ウェイリーの英訳本を読んだヨーロッパの文学研究者は二つの意味で驚愕《きょうがく》したと言います。

まず第一に、東アジアにそういうものがあったということ。第二にその成立の古さに、です。

ヨーロッパでの小説の成立は、ルネサンスを待たねばなりません。それより数世紀も早く、なぜ東洋の島国に？　というわけです。

私は日本で小説が異常に早い時期に出現した理由の一つに、怨霊という日本の伝統信仰があると考えています。

怨霊という概念そのものは、中国にも韓国にも古くからあります。しかしながら、それが一つの信仰として強力な形で根強く発展したのは、日本だけなのです。

先述した「天神さま」と呼ばれる菅原道真の怨霊については、日本人なら誰でもご存じでしょう。平安時代に実在した政治家で、右大臣という高官にまで昇り詰めましたが、藤原氏に妬《ねた》まれて偽《いつわ》りの謀反《むほん》の罪を着せられて九州大宰府に流され、無念の死を遂げました。

その後、天皇の暮らす清涼殿に落雷があったり、道真を流した首謀者の藤原時平《ときひら》らが怪死に遭《あ》ったりと、さまざまな異変が起こり、慌てた朝廷は道真の流罪《るざい》を記録から抹消《まっしょう》して右大臣に復位させた上に、最終的には生前の位より上の正一位太政大臣の位を与えました。

これは怨霊鎮魂の典型的な方法です。

怨霊とは生前この世に尽きせぬ恨み、晴らせぬ恨みを残して死んだがゆえに生じるもの。その恨みの内容を理解し、怨霊に対して、現世で満たされなかった欲望を来世で満たす形をとってあげれば、怨霊は自ずと鎮《しず》まる。この発想が怨霊鎮魂を生みました。

道真は無実の罪で死んだのですから、まずは怨霊の源《みなもと》である罪を取り消し、その上で生前より高い位を与えてあげれば、怨霊も心を晴らして鎮まってくれる、という考え方です。

仏教では本来、怨霊というものを認めてはいません。けれど仏教が日本に伝来した後も、日本人は仏教に対し、個人の救い、民衆の救いを求めるというより、怨霊鎮魂のための新しい「技術」として受け入れてきたという歴史があります。そのこと自体、日本において怨霊信仰がいかに強いものであるかを物語るものです。

怨霊を正しく鎮魂することができて、善なる神に転化した状態を御霊と言いますが、古代日本の宗教課題は、怨霊をいかに御霊に転化させるかというところにあったのではないでしょうか。

そのために最も有効な方法は、神として祀ることであり、神として祀ってあげれば、怨霊は恐ろしい姿を変えて、人々に善行を施《ほどこ》す、願ってもない存在になるのです。

菅原道真は天神という形で天満宮に祀られることによって、善なる神に見事に転化しました。

ところで、道真に正一位太政大臣の位を贈ったということになっていますが、当然ながら現実世界には生身の人間の太政大臣がいます。

それでもいいのか？　矛盾しないのか？　と思われる方もいるでしょうが、それでもいいのです。道真の太政大臣は一種のフィクションなのですが、日本では不思議なことにフィクションが有効な力を持っており、言い換えれば、日本人は昔からフィクションの効用を信じてきたのです。

ここに、『源氏物語』の中で、現実の政治世界の勝者・藤原氏が、ライバル源氏一族を放逐して生じた源氏の怨霊を慰めるために、光源氏に仮託して源氏大出世の物語を生み出したかった動機があります。

フィクションの世界であっても、怨霊に安らかに鎮まってもらえなければ、日本では枕を高くして眠れないのです。

物語によって現実世界とのバランスを取る

『源氏物語』に先行する物語作品に、日本で最初の物語である『竹取物語』があります。月から来たかぐや姫が地上の男子五人に求婚されるという、あのおなじみの物語です。

求婚されたかぐや姫は難題を出します。「結婚したければ、龍の顎門《あぎと》の玉とか、仏の御石の鉢といった、人間世界ではとうてい手に入らない宝物を持って来い」と言うのです。

五人のうち最も狡猾《こうかつ》なのは、他の四人が苦労して宝物を手に入れようとしているのに、最初から偽物の宝物を作ってかぐや姫に届けようとした車持皇子《くるまもちのみこ》という皇子です。

実は、車持皇子のモデルは藤原不比等だ、という伝説が昔からありました。不比等の母の実家の姓が車持であったのもその伝説を裏づけていますが、偽物を作っても恥じない鉄《てっ》面皮《めんぴ》の男のイメージが、悪辣《あくらつ》と思われていた不比等の印象と重なるところが大きかったからでしょう。つまるところ、『竹取物語』の本来の機能は、藤原氏に対する風刺小説と言ってもよいものなのです。

日本が他の国と違うのは、通常、権力者に対する風刺小説というものは、一見分かりにくい比喩《ひゆ》の形をとっていたとしても、必ず政治力によって弾圧され、抹殺されるものなのに、そうではなく、多くの人に読まれて優れた文学作品として後世に残るという点です。

それは、こういうことではないでしょうか。

現実の政治の世界で勝者であったものが、フィクションの世界で負けを認めることによって敗者の怨霊の怨念を晴らし、怨霊の発生を防ごうとした。言い換えれば、現実世界とフィクションの世界で双方のバランスを保ち、敗者の霊を慰めた。

現実世界の勝者に相当するのが、摂関家・藤原氏です。『竹取物語』も『古今和歌集』も、そして『源氏物語』も皆、藤原氏からするとフィクションの世界での「罪滅ぼし」です。

敗者によい思いをしてもらうことによって恨みの気持ちを減じてもらい、怨霊となって

「伊勢物語絵巻」(東京国立博物館蔵、出典:ColBase https://colbase.nich.go.jp)

祟ることのないよう安んじていただきたい。そういう願いの下《もと》に作り出されたのが、日本の物語文学なのです。

もう一つ例証を挙げてみます。『竹取物語』の次に生まれ、『源氏物語』への橋渡し的存在とも言えるのが『伊勢物語』です。

主人公は明記されていませんが、「昔、男ありけり」として始まる、ある男の一代記です。

明記されていませんが、文中で使われている歌からしても、この男が平安期の実在の人物・在原業平であることは、日本人なら誰でも知っています。

業平は皇族の一員として藤原氏の専横に敢

然と立ち向かった人間で、本来なら彼を顕彰した物語などは藤原氏の全盛時代にあって、抹殺されてしかるべき存在です。

そうならなかったのは、この歌物語を通して「現実には藤原氏に敗北させられた敗者・在原業平の霊を慰めよう、彼の魂を鎮魂しよう」と、藤原氏が考えたからでしょう。かっこいい男として、物語の中で後世まで語られるよう、『伊勢物語』が多くの人に読まれるのを藤原氏が期待した結果、この物語は現代にまで命脈を保っているのです。

『平家物語』は平家への供養

『源氏物語』の誕生から約二百年後、『平家物語』が生まれます。

平家は、尽きせぬ恨みをこの世に残して滅んでいった一族です。「平家に非《あら》ずんば人に非ず」とまで言われた栄華を謳歌《おうか》しますが、平清盛の死後わずか四年にしてこの世から消えてしまいます。

天皇の外戚として、日本六十余国のうち三十国余りを手中に収めながらの急速な滅亡。ここに、日本人は否が応でも「諸行無常《しょぎょうむじょう》」を実感します。

日本文学を代表する名文が『平家物語』の冒頭の一節であることを、認めない人はいないでしょう。

祇園精舎《ぎおんしょうじゃ》の鐘の声
諸行無常の響きあり
娑羅双樹《さらそうじゅ》の花の色
盛者必衰《じょうしゃひっすい》の理《ことわり》をあらはす
おごれる人も久しからず
唯《ただ》春の夜の夢のごとし
たけき者も遂《つい》には滅びぬ
偏《ひとへ》に風の前の塵《ちり》に同じ

万物（諸行）に常《つね》なるものは一つもない、ということを教えているのですが、この仏教観を日本人が実感できるのは、平家滅亡を目《ま》の当たりにした時が最初でした。

平清盛は武家出身として初めて太政大臣となり、その娘徳子《とくこ》は高倉《たかくら》天皇の子を産んで、後に建礼門院《けんれいもんいん》と呼ばれますが、源氏によって西海の果てまで追い詰められて、即位まもないわが子・安徳《あんとく》天皇と母・時子《ときこ》を入水でなくしてしまいます。

ラフカディオ・ハーン（小泉八雲）の「耳なし芳一の話」を読んだ人なら誰もが理解するところですが、彼ら平家一門が強い恨みを抱いて怨霊となったことは明らかです。

そして怨霊は、必ず鎮魂されなければなりません。鎮魂されなければ、必ずやこの世に災いを招くからです。

では、その鎮魂はいかなる手段で為《な》されたのか。それこそが国民文学『平家物語』が作られた由縁《ゆえん》であると、私は考えています。

『平家物語』が作られたのは鎌倉時代ですが、その次の室町時代になって吉田兼好が書いた『徒然草《つれづれぐさ》』に、『平家物語』の作者についての記述があります。

それによると、信濃前司《しなののぜんじ》、つまり前の信濃守だった藤原行長《ゆきなが》という男と、生仏《しょうぶつ》という法師の合作だといい、行長は延暦寺の最高位・天台座主《てんだいざす》として天台宗（比叡山）の「法王」とも言うべき存在にあった慈円《じえん》大僧正の庇護《ひご》を受けていたとされています。慈円は、関白九条兼実《かねざね》の実弟です。

実は近年まで、行長が作者であるということの記述は信用できない、当てにならない妄説だと、学界では無視されてきました。『平家物語』よりはるか後世の史料である上に、他の史料に傍証《ぼうしょう》がないからです。

けれども行長という男が実在し、実際に九条兼実に仕えていたことがあったということが近年わかり、『徒然草』の記述が信じられるようになりました。私もそうであろうと思っています。

当たり前のことですが、当時は出版という産業はありませんから、書かれたものは手写しによる「写本」の形で回し読みされるしかなく、作者には報酬など支払われません。印税などはないのです。宮廷につかえた紫式部ならいざ知らず、中級貴族の行長には金にもならない物語を書き続ける余裕などなかったはずです。

当然パトロンが必要で、それが関白を兄に持つ、日本一の高僧・慈円だったのです。生仏なる法師との合作としたのは、当初から琵琶法師に語らせて全国津々浦々に広めようとする構想があったからでしょう。

生仏は武士の作法に詳しく、公家の世界に明るい行長とは、よいコンビだったはずです。

裏に控えるパトロン慈円は、日本初の個人による歴史論『愚管抄《ぐかんしょう》』を書いた人で、その歴史観に通底しているのは「天下の災厄は怨霊の仕業《しわざ》である」という考えです。つまり、慈円は怨霊信仰の信者なのです。

慈円がなぜ、『平家物語』のプロデューサー兼スポンサーとなったのか。『平家物語』が、平家一門への鎮魂歌として生み出された、その動機はおそらく次のようなもののはずです。

平家滅亡の報《しら》せを聞いた貴族階級がまず考えたのは、「平家はあれほどの悲運に見舞われた。さぞかし恨みを呑んで西海に沈んだのであろう。恨みが怨霊となっていることは疑う余地はない」ということです。

本来であれば怨霊の祟りを受けるであろう「敵」は、平家を滅ぼした源氏ですが、まずいことに源氏は武士ですから怨霊信仰を持っていません。「侍に怨霊なし」という言葉通り、リアリズムに徹《てっ》した戦いの中に身を置く彼らの人生観に怨霊信仰は薄く、源氏によって平家の恨みを晴らしてもらうことは期待できませんでした。

しかし、いくらなんでもこのまま平家の怨霊を放置しておくことは危険だと、貴族たちは脅えます。平家滅亡の犠牲者の中には安徳天皇までいるのですから、当然です。

慈円は時の関白の弟で、日本仏教の法王のような地位である天台座主にいたということが、ここで大きな意味を持ってきます。平家の怨霊には、慈円ほどの人が慰めなければならないほどの怖ろしい力があると、当時の貴族たちは感じていたに違いありません。

なんとかして安らかに鎮《しず》まってもらいたい。放置された怨霊が現世に立ち返って来て復讐されてはかなわない。そうなれば一大事だ。怨霊に脅えて暮らすのはまっぴらだ。そんな不安に貴族たちが駆られたとしても、不思議はありません。

私の本の読者の方ならすでにお気づきと思いますが、『源氏物語』における藤原道長と、『平家物語』における慈円の立場は、まったく同じなのです。実作者に両作品を書かせた二人の目的が同じなのですから、当然のことです。

『平家物語』の総合プロデューサー慈円の頭の中には、平家の怨霊たちの鎮魂が最優先課題としてあったに違いなく、「この物語が琵琶法師によって語られて多くの人に届けられれば、平家一門の供養となるだろう」と考えていたはずです。

彼らはこんなに勇敢に戦った。しかし武運つたなく敗れてしまった。そのことを後世に語り継がなくてはならない。彼らのことを忘れない。それが彼らへの供養となるのだ、という強い思いがあったはずなのです。

なぜ琵琶法師《びわほうし》が弾き語りをするのか

両作品には異なる点もあります。

『源氏物語』が宮中という限られた範囲の読者しか対象にしていなかったのに対し、『平家物語』は初めから「語り物」として、字の読めない人にも耳で聴かせるべく琵琶法師によって広められました。琵琶法師という、いわば「生きたラジオ」が語るための「脚本」として作られたものです。

『源氏物語』は、あくまで朝廷という狭い世界での鎮魂が目的で書かれました。字の読める人が対象です。印刷技術のなかった平安時代、都の貴族たちは物語を一文字一文字紙に写し取って読んだのです。字を読むということ自体、特権階級のみに許された行為でした。

対して『平家物語』では制作過程から、琵琶法師という音曲《おんぎょく》のプロが参加しています。琵琶法師は楽器の演奏者でありながら、「生仏《しょうぶつ》」とも呼ばれる仏教徒でした。文字の読めない人々にも、お坊さんの姿をした盲目の法師が物語を伝えたわけですが、この形を考案したのはおそらく、作者とされる藤原行長（信濃前司行長）ではなく、大僧正である慈円でしょう。

当時の仏教は「声明《しょうみょう》」が盛んでした。お経にふしをつけて朗々と歌い上げるものです。お経をただ棒読みするより、「声明」で唱えたほうがはるかに表現力が増すことを知っていたはずで、慈円はこれを『平家物語』に「使える」と思ったのかもしれません。

「声明」は今でいうアカペラのようなもので、楽器はつきませんが、宮中の舞踊には「伴奏」として琵琶や笛がすでにあり、楽器を抱えて唄うような「遊芸」は巷《ちまた》で盛んに行われていました。

『平家物語』は物語を音曲化することによって、物語を楽しむ（味わう）対象を一気に全国民と言ってもいいほどの幅広いレベルにまで拡大したのです。

このことが、後に日本語の普及、特に識字率のアップに大きく貢献することになります。

それはこういうことです。物語の冒頭に出てくる「祇園精舎」という言葉は、おそらく当時の知識階級でもなかなか読める字ではなかったはずです。ところが「この言葉は平家物語に出てくるギオンショージャなのだよ」と教えられれば、誰もが「ああ、そうなんだ」と理解できます。「ギオンショージャ」という音が耳に残っているからです。

盲目の琵琶法師が語るのですから、当然「台本」としての『平家物語』は暗唱しやすい、耳に心地良い文体を備えています。暗唱こそが、どんな国においても基本教育の第一歩であることは自明の理《ことわり》ですが、ではたとえばイギリスの庶民階級がかの国の文化遺産であるシェークスピアの台本をすらすらと暗唱することができるかというと、そんなことはありません。しかるに日本人は『平家物語』の冒頭を口にすることができる。考えてみれば、これは大変なことではないでしょうか。

『平家物語』を耳にすることによって、平均的な日本人の知的水準がいかに高められたか、ひいては日本人の識字率がいかに高まったか。このことだけを考えてもこの物語の功績は大なるものがあります。

『平家物語』が普及することで日本人が得たものは、言葉や文字だけではありません。自国の歴史や一般常識も、楽しみながら自然と学ぶことができました。地方ごとの方言が当たり前だった時代に、統一日本語＝標準語があるという認識も人々に与えられました。

この物語は物語自体が確かに優れた内容のものですが、琵琶法師による「語り」というものがなければあれほど普及しなかったことは確かです。おそらく『源氏物語』より『平家物語』のほうが今でも読者は多いのではないでしょうか。

限られた貴族階級を相手にした文芸に比して、大衆を味方につけた『平家物語』には「語り」という「遊芸」の要素が含まれていたからです。

もう一点、『源氏物語』と異なる点を挙げてみます。

『源氏物語』や『伊勢物語』には、史実に登場する（現実に存在した）人物は主人公として名が明記されているわけではありません。『源氏物語』の主人公は、「光源氏」という一種の架空の名前を使うことで、個人名を名指ししてはいないけれど、源氏の一員であることだけはわかるようになっています。

だからこそ、この物語は源氏の鎮魂の役を果たしているのですが、なぜ具体的な名前を出さないのか？　それは、完全に名前を言ってしまうとその怨霊を呼び出すことになってしまい、非常に恐ろしいことだと思われていたからです。

しかし『平家物語』では、鎮魂すべき平家の人々――つまり彼らの怨霊たちが、すべて実名で書かれています。怨霊の名を明らかにすると祟られるという、長い間タブーだった問題が解禁されたと言えるでしょう。

それを可能にしたのが、琵琶法師という仏教の帰依《きえ》者に語らせるという画期的なパフォーマンスでした。

ではなぜ、琵琶法師なのか？　琵琶法師は盲目で、あの世とこの世の中間にいる存在と認識されてもいたのでしょう。怨霊たちの物語を法師に語らせることによって、生身の人間になら取り憑くかもしれない悪霊の憑依を防ぐことができたのです。

考えてみれば、琵琶法師とは恐ろしい職業です。四六時中「平家の怨霊」のことを口にしているのですから、怨霊に取り憑かれる可能性がとてつもなく高い職業です。

専門の僧侶ではないとはいえ、琵琶法師が僧侶に準じる法師（法体）と見做されたのは、そのためだと言えます。常人ではない存在であることが、『平家物語』を語る上で欠くことのできない条件だったはずなのです。

ラフカディオ・ハーンが、日本の伝承を集め書いた『怪談』に収録されている「耳なし芳一の話」を、思い出してみましょう。

琵琶法師の芳一が平家の怨霊に取り憑かれて危うく命を落としかけたところを、身体に書かれた経文の力でかろうじて助かる、という話でした。ただしこの時、和尚が耳に経文を書くのを忘れてしまったため、芳一の耳は怨霊に取られてしまいます。

この話の裏を返せば、仏に守られた僧ではない普通の人間が、むやみに怨霊の話などをすると、怨霊に憑依《ひょうい》されて命の危険がある、ということです。

常人ではない存在の琵琶法師に語らせることによって、この世の人間が怨霊の言葉を語ることもできるのです。この時、一つの壁が乗り越えられたのでした。

次の壁は、完全な生身の人間（目も開き、五体満足な人間）が怨霊の言葉を語ることができるのかということです。語るだけでなく、その怨霊に扮しての「劇」ができるかどうか。

時間はかかりましたが、能という演劇がそのことを可能にしました。

能の「面」は怨霊に取りつかれないための装置

能という演劇は怨霊信仰が生み出したものであると、私は考えています。

もともとの能は、公家が余暇に楽しむ、「田楽《でんがく》」と呼ばれる素朴な、今で言うミュージカルのような即興劇にすぎませんでした。

室町時代になって、そこに観阿弥《かんあみ》・世阿弥《ぜあみ》という天才親子が登場します。特に世阿弥は若いころから公家の指導を得、宮廷文化に接していたのですが、そんな彼が芸術として大成させたのが、いわゆる「能楽」と呼ばれるもので、そこには話の展開に基本パターンがあります。

ある人間（旅の僧であることが多い）が、古戦場や歴史上の名所などで村人らしき人に出会い、話をしてみると、その村人はかつての戦いの主役であったかのように語り出します。

いぶかる旅の僧に対し、やがて村人は正体を明かし、「実は私は○○の亡霊だ」と名乗るのです。その上で、敵を討ち取れなかった苦しみや、無念の涙を飲んで死なねばならなかった心中を語り、旅の僧に供養を頼んで消えていく……というものです。

つまり能の基本パターンは、怨霊をいったん舞台の上に呼び出して、それを劇の中で鎮魂するというものなのです。

私は、日本ではなぜ演劇の発達が文芸に比べて時間がかかったのかと疑問に思って、長らく考え続けてきました。日本は異常に早く文芸が発達した国で、隣国・中国に比べればそれは明白です。日本よりも数世紀も早く文明開化した中国が、小説世界においては、はるかに遅れを取ったことは誰もが知っています。

中国は儒教の影響を受けて、フィクションは元来が嘘だから価値のないものと見下されていたために、なかなか発達しなかったとされています。しかし日本では、怨霊信仰が広く根づいていたため、その鎮魂の手段として文芸が奨励されるようになって、他国に例を見ない文芸の発達を促したわけです。

それならそれで、鎮魂の手段としての演劇もいち早く発達してしかるべきなのに、そうはなりませんでした。

前述したように、日本では早くも平安時代に小説が世界史の奇跡のように大発展を遂げているのに、即興劇の喜劇などではないシリアスな演劇が完成するのははるか後年、世阿弥が活躍する室町時代になってからです。

この理由もまた、日本独自の怨霊信仰に求めることも、不自然なことではないと思われます。

つまり、こういうことです。

『源氏物語』のように、実際に現実の世界で敗北した人間をドラマ（小説）の中で勝たせてあげる場合、読み手にも書き手にも危険はありません。ここで言う危険とは、怨霊に取りつかれることです。

『平家物語』は「聞く」ことによって悪霊を鎮魂しようとする芸術。それに対して、時代が下ると「見る」ことによって鎮魂しようとする芸術が生まれます。演劇です。

しかし演劇は物語とは違って、役者は怨霊そのものに扮《ふん》しなければなりません。怨霊に扮するとは、すなわち怨霊に取りつかれる危険性がきわめて高いということですから、普通の人間ならとてもじゃないけれど、怖くてできはしません。

演劇につきまとう怨霊信仰の呪縛というこの難問題に解決策を見出《みいだ》したのが、観阿弥、世阿弥親子が用いた「面」という画期的な道具でした。

能は、室町時代の三代将軍足利義満が、それまで「猿楽《さるがく》」に毛の生えたような状態だった初期の能に注目し、作者兼演者である世阿弥を保護、後援して芸術の域にまで高めたことで大成します。

同じ鎮魂が目的とはいえ、「聞く」芸術から「見る」芸術への発展には、越えなければならない大きな壁がありました。その「壁」のことを考えてみます。

「怨霊鎮魂劇」としての能楽の誕生が、はるかに遅れをとったのはなぜなのか？

能という演劇はある日突然、偶然の作用で生まれたものではありません。能は、日本の歴史全体を含めた大きな芸能史の流れの中で誕生し、以後今日に至るまで存在しているものです。

怨霊鎮魂という考え方は、日本という国の国家形成期からある、おそろしく古いものと言ってよいでしょう。

その考え方を表す芸術である演劇（能）の誕生が室町時代になってからというのは、いくらなんでも遅すぎはしないか、と私は考えていたのです。

読むことで鎮魂する物語文学は平安時代、聞くことでそれを成す『平家物語』は鎌倉時代に出現していることを考えると、「見る」の鎮魂行為――能が日本に広まったのが遅い（遅すぎる！）ことは明らかです。

きっと怨霊鎮魂劇が行われることで、長い間、何らかの「迷い」や「恐れ」を払拭《ふっしょく》することができずにいたのだろうと漠然と考えていたのですが、ある時、朝鮮半島に古くから「タルツム」という仮面劇があることを知って、目が開かれました。仮面（お面）の発見が、怨霊鎮魂劇が乗り越えなければならなかった「壁」を取り払ってくれたのだ、と気づいたのです。

ゲーテは「一つの外国語を知らぬ者は、自国語を知らない」と言いましたが、この言葉を「一つの外国文化を知らぬ者は、自国の文化を知らない」と言い換えることも可能でしょう。他のものと比較することによって、当たり前だと思っていた自国の文化の本質がはっきりと見えてくる、ということです。

タルツムは演者が仮面をつけて演じます。演じた後でタルツムは面を「使い捨て」にしてしまい、一度使った面は二度と使わず焼却処分にしてしまう。面には悪霊が取り憑《つ》きやすいと考えているからで、燃やすことによって除霊するのだそうです。日本での「お焚き上げ」に近い感覚でしょうか。彼らにとって、演じ終わった面とは、不吉で穢《けが》れたものなのです。

朝鮮民族にとっては、演じ終わった面だけでなく、面そのものも縁起の悪いもののようで、お祭りでよく売っている「お面」を子供たちが親に買ってもらえることはないと聞いています。

タルツムの主題の多くは、怨霊にまつわる物語です。怨霊を演じるということは、熱心にやればやるほど演者は悪霊に憑依される危険性が高まります。何も好き好んでそんな危ない仕事をしようと思う人はいません。だからこそ、仮面をつけて、憑依は面そのものだけに限定して憑いてもらい、演技が終われば燃やしてしまうことを、朝鮮半島ではやっていたのです。

日本における能面も、そういう役割をはたしてくれる道具です。能面という道具が見つけ出されて用いられて初めて、演者は生身の身体に悪霊が取り憑く恐怖から逃れることができたのです。

それ以前の演劇――たとえば「田楽」は一種の、おもしろおかしい即興の「ミュージカル」のようなものですから、悪霊にまつわる悲劇ではありません。

なぜ日本にはシリアスな悲劇が、能の出現までなかったのか？　この疑問の答えを、私は「能面」という装置に求めたのですが、いかがでしょうか。

縁起《えんぎ》の悪いことは口にしてはいけない

もう一つ、言霊《ことだま》というものを考えてみます。日本では、能という世界に通用する演劇の出現・発達が文字による文学や口承文学に比べて遅すぎる、と先に述べました。

このことは、世界史的に見ると不思議な現象と言ってもよいものです。日本以外の他の文明圏では詩（叙事詩）と同時に演劇が他の文芸より先に発達し、いわゆる「小説」はずっと後になってやってくるのが普通です。

叙事詩というのは『オデュッセイア』や『イリアス』のような英雄物語のことで、それが琴《こと》をかき鳴らす吟遊詩人《ぎんゆうしじん》によって語られ（西洋版琵琶法師ですね）、俳優によって演じられる劇となります。

劇が盛んに行われれば、劇の台本を書く作者も現われ、だからこそ紀元前のギリシア劇には今でも作者の名前が残っているのです。

しかるに日本では、ヤマトタケルの英雄譚や「八岐《やまた》の大蛇《おろち》」退治の血沸き胸踊る話など、演劇の題材になる話はたくさんあるのに、演劇は「神楽《かぐら》」という、舞台の上で神に捧げる古来からの舞踊劇の段階から発展しないままで止まってしまいました。

歴史を考える際に大切なのは、「なぜこんな事態が起こったのか」だけではなく、「なぜ（起こっても不思議はないことが）起こらなかったのか」を考えることです。なぜシリアスな演劇の誕生が能の出現まで待たなければならなかったのか。

それは一言で言えば、日本が「言霊の国」だったからです。言霊を信じるということは、言葉には物事を成就《じょうじゅ》させる霊力があると確信することです。だからこそ、おめでたいこと、祝辞、祝詞《のりと》は何遍唱えてもいいが、縁起の悪いことは口にしてはいけないとされてきました。

万葉の歌人・柿本人麻呂《かきのもとのひとまろ》が「葦原《あしはら》の瑞穂《みづほ》の国は神《かむ》ながら言挙《ことあ》げせぬ国」と歌に詠んでいる「言挙げ」とは、言霊の力を最大限に発揮するために大声で言葉を発することです。

大切なのは、どんな言葉を使って「言挙げ」するかということ。不吉なこと、縁起の悪いことを口にしてはいけないのは、口に出すとそのことが現実となってしまうからなのです。葦は「悪《あ》し」に通じるから「よし」と言い換えたり、梨は「無し」に通じるので「有《あり》の実《み》」と言ったりするのはそのためです。

最も縁起が悪いのは「死」ですから、事実、死という単語を正面から詠いあげた和歌は平安貴族の作にはないはずです。「死」は、「ついに行く道」などと言い換えられます。

言霊の国では、死を題材にしたり死霊を主題にしたりする悲劇（シリアスな演劇）は、それそのものがとてつもなく縁起の悪いものです。けれどもいくら縁起が悪いといっても、放っておいて悪霊を鎮魂しなければ祟りがなされます。

天災や戦争、飢餓、流行《はや》り病などの災厄は怨霊の仕業だと考えられていましたから、鎮魂・供養して悪霊をなだめてあげねばなりませんが、劇の中でそれをやった場合、演者に悪霊が取り憑いてしまうかもしれない。

　誰も怖くて、そんなことはできません。そういう考えの下、悲劇の主人公（怨霊になっているのが一般的です）の登場する演劇など作るべきではないし、上演するべきではないとされたのです。

　能の役者は「源融」や「頼政《よりまさ》」や「清経《きよつね》」に扮《ふん》します。入魂の演技をしてその人の生き写しの如く演じれば演じるほど、悪霊に憑依される危険が増していくのです。

　たとえば源三位《げんさんみ》頼政は、治承《じしょう》四（一一八〇）年、以仁王《もちひとおう》の呼びかけに呼応して平家に反旗を翻《ひるがえ》して宇治橋の合戦に臨《のぞ》んだ悲劇の武将です。

　平氏の追手から逃れて近江の園城寺にいた頼政は、以仁王と共に奈良の興福寺へと逃げる途中で宇治川に架かる橋で平氏と戦います。頼政は橋板を外して抗戦しますが平氏軍に圧倒され、宇治平等院まで敗走して武運つたなく憤死します。以後各地で源氏の挙兵が続くのですが、魁《さきがけ》となった頼政はこの世に恨みを残して死んだとして悪霊になったに違いないと解釈されていました。

　悪霊を演じることの危険を、いかに回避するか。彼に扮している時だけ「怨霊」になり、劇が終われば「常人」に戻る「仕掛け」があればいいのです。その都合のよい仕掛けが「面《おもて》」、すなわち能面なのですね。

能面が、韓国の仮面劇「タルツム」と違う点もあります。タルツムの面は使用後に燃やしてしまいますが、日本の能では上演のたびに再度顔面に付けます。

この違いはなぜなのでしょう。私はこう考えています。

韓国において、怨みを持つ「霊」はただの悪霊にすぎないと考えられているので、一刻も早く消してしまうのが正しい処置ですが、日本人は悪霊に対してはその先を案じ、崇《あが》めることによって安らかに鎮まってもらいたいと願っています。悪霊を舞台で演じること自体が鎮魂の儀式ですから、仮にお面に霊が乗り移ったとしても、それはむしろ丁重に取り扱うべきもの、奉《たてまつ》るべきものなのです。

だとしたらお面は依代《よりしろ》にも値《あたい》するものですから、焼却処分などとんでもないということになります。

自分の肉体まで霊に取りつかれてはたまらないので、お面を外した段階で霊との一体感は解消されます。逆に言えば、能舞台の控えの間《ま》である鏡の間《ま》で面を掛けることが、霊との一体化の儀式なのです。

「面」を十二分に扱うということで、世阿弥は演者と御霊の両人格を分離させるシステムを完成させました。事実、直面《ひためん》（素顔）で演じる悪霊の役はめったにないのではないでしょうか。

怨霊を舞台の上に呼ぶ以上は必ず鎮魂して気持ちよくあの世へお帰りいただけなければなりません。そうでなければ、この世に災いが降りかかります。

そこで世阿弥が生み出したのが「夢幻能」というジャンルです。主人公は怨霊。まず旅の法師が登場し、そこに怨霊の化神が出現して過去の事蹟を語ります。後場になるとその怨霊自身が現われて自らの恨み・苦しみを語り出す。

成仏できない苦しみや、未だ解放されない愛欲の悩みなどを聞いた法師は、怨霊を鎮魂してあげます。観客にも鎮魂する場面を見せることによって「大丈夫ですよ。呼び出した怨霊はきちんと鎮魂しましたから」と、安心感を与えるわけです。

ここまで記せば、後年出現する歌舞伎の「隈取《くまど》り」は「面」が進化・発展して簡素化されたものであることがおわかりになると思います。

面を付けて一般人から演者へ、そして面を取って演者から一般人へ。瞬時にして転換を成し遂げることができてはじめて、日本では安心して劇を演じることが可能になりました。

つまり、能が発達したおかげで、怨霊を舞台に招き入れるという演劇の宿命的なタブーが克服され、やがて面が省略化された演劇＝歌舞伎に継承されていきます。面の省略化が歌舞伎の「隈取り」であったと、私は考えています。

歌舞伎では、怨霊や化け物に当たる人間を演じる時に「隈取り」といわれる、あたかも面をつけたようなメイクをしますが、あれは一般人が怨霊になり、また怨霊が一般人に戻るための装置なのだと、私には思われるのです。

他《た》の国の近代文明において、小説と戯曲は車の両輪のように手をたずさえて発達してきました。文芸が完成を見たのに演劇が発達しないということは、通常では考えられないのです。

ヨーロッパの文芸、演劇がキリスト教の強い影響を受けているように、日本の文芸、演劇が、日本に根づく怨霊信仰の下にあったと考えると、その理由がわかってくるのではないでしょうか。

そう考えると、『源氏物語』以前の物語作品である『竹取物語』や『伊勢物語』、そして『古今和歌集』『源氏物語』『平家物語』といった日本の文芸が怨霊信仰という一本の太い糸で見事につながるのです。

『太平記』は前半と後半でテーマが異なる

『太平記』は、それまでの文学作品とは少々趣《おもむき》を異にします。明らかに『平家物語』を意識したリズミカルな文体――読んで耳触りのいい文体――は、後に「太平記読み」という専門職業を生み、それが後世に講談という芸能につながっていきます。

『太平記』で描かれている時代は、鎌倉時代の終わりごろから南北朝時代を経て室町時代が確立されていくころで、最大のヒーローが後醍醐《ごだいご》天皇と楠木正成《くすのきまさしげ》（『太平記』の上では楠正成と表記）です。

鎌倉幕府打倒を志《こころざ》した後醍醐天皇が、北条氏の専制に不満をもつ各地の勢力に広く呼びかけ、これに応じた足利尊氏《あしかがたかうじ》、新田義貞《にったよしさだ》ら幕府の有力御家人と楠木正成、赤松則村《あかまつのりむら》といったやや素性の怪しい武士たちの活躍を描いたものであることは、どなたもご存じでしょう。

鎌倉幕府が滅んだ後、尊氏は後醍醐天皇を裏切り、天皇は激怒。かくして後醍醐と尊氏は両雄並び立たずということになり、戦いは続きます。

最終勝利者は尊氏です。天皇家は権威はあるが武力はなく、武士の力をもって武士に勝とう、つまり毒を以って毒を制しようとしたのですから、新しい「毒」に裏切られれば敗北するのは当然です。

後醍醐は吉野の山中に「亡命政権」＝南朝を作り、尊氏の擁立した北朝との対立が始まります。やがて南朝に味方した新田義貞も楠木正成も死に、後醍醐も吉野の山の露と消え……。

ここまでで二一巻を要し、以降の『太平記』では、後醍醐も正成も怨霊と化して再登場し、世の中にさまざまな「乱れ」をもたらします。

疫病、不作といった天災だけでなく、戦乱のような人災も彼らの怨霊の仕業《しわざ》とされ、巻二六では、日本一の大魔王、わが国の怨霊信仰史上最強の存在とされる、平安時代に恨みを呑んで憤死した崇徳《すとく》上皇が登場します（彼が文学作品上に登場するのは『太平記』が最初です）。

崇徳上皇は「皇をとって民となし、民を皇となさん（天皇家を王者の座から追放する）」

の話は進みます。

との呪いと共に死んだとされますが、まさにその呪いが実現したという設定で『太平記』

大魔王会議の首座（議長）の崇徳上皇の席に連《つら》なる形で、後醍醐の怨霊が登場するので

す。『太平記』の後半は、明らかに怨霊自体がヒーローとなって世の中を乱すというスト

ーリーになっている、と言っていいでしょう。

『源氏物語』は物語の世界で現実の世界の敗者が勝者に勝つストーリー、『平家物語』は

亡びた一族の過去の栄光を顕彰するストーリーでしたが、『太平記』は前半と後半でスト

ーリー（テーマと言ってもよいのですが）が分裂しています。どういうことでしょうか。

巻一から巻二一までと、巻二三以降では、話のテーマが大きく変わっているのです（巻

二二は現存せず、そのこと自体が『太平記』の大きな謎とされています）。

前半は朱子学の立場で「徳なき者は滅ぶ」とのテーマで貫《つらぬ》かれていて、王者は徳があっ

て始めて臣下の忠義が得られると説かれていますが、後半はそういった儒教的な考えは姿

を消して、冒頭から怨霊に悩まされる話となります。話は発展して、次から次へ怨霊のオ

ンパレードと、様相を変えていくのです。

そう、後半のテーマは「鎮魂」なのです。日本の怨霊信仰の根深さが感じられる作りと

なっているわけです。

おそらく『太平記』は、当初は中国伝来の儒教思想に基づいて書かれたのでしょう。既に述べたように『源氏物語』は最初は怨霊鎮魂の物語として書かれ、後に仏教思想（因果応報）の部分が書き足されました。

『太平記』は反対に、まず仏教思想に基づく後醍醐天皇の批判の書（詳しくお知りになりたい方は『逆説の日本史7　中世王権編　太平記と南北朝の謎』〈小学館〉をご覧ください）として書かれました。

しかし、このままでは、物語の舞台に怨霊を呼び出すだけ呼び出しておいて、鎮魂もせずに放っておくようなものではないか。後醍醐天皇も楠木正成も、みな志を果たせずに恨みを呑んで死んでいるのだから、怨霊となって復讐してくることは間違いない。充分な鎮魂をしないまま物語を終えてしまったら危険ではないかと考えた人が怨霊鎮魂のため後半を書き足したのでしょう。

日本文学の系譜でいえば、『源氏物語』も『平家物語』も、そして最終的に「物語」文学を完成させたとされる『太平記』も、みなあくまでも怨霊鎮魂のための文学なのです。

おわりに

いかがでしたか？

「源氏物語」が怨霊鎮魂の書であることはわかっていただけたでしょうか。

本編でも言及しましたが、重要なポイントを繰り返しましょう。

皆さん〝フィクションテロップ〟というのをご存じですか？

テレビドラマや映画で最後に「この物語は現実の組織や人間とまったく関係ありません」と言う断り書きが出ますね。あれです。実際に使われている警視庁の建物を映しておき捜査一課刑事の誰々という主人公を設定しながら、現実の組織とは関わりないというのも無理な話ですが、一応そういう断り書きを入れるのは現実に存在している組織や人間をフィクションで扱うとさまざまな差し障りがあるからです。

江戸時代中期に馬場《ばば》文耕《ぶんこう》という講釈師がいましたが、当時の最高裁判所にあたる幕府評定所で扱われていた大名にかかわる現実の事件を実名で取り上げたため、「お上に対して不届き至極《しごく》」と咎《とが》められ死罪になりました。その死後に生まれた曲亭馬琴《きょくていばきん》が名作「八犬《はっけん》伝《でん》」を書くときにそれを『南総里見八犬伝《なんそうさとみはっけんでん》（里見八犬伝）』としたのは、大名としての里見家は江戸時代には滅んでいたからでしょう。だからフィクションで扱うことができたのです。

『源氏物語』も主人公の光源氏は源氏であることはわかりますが、他の人物もほとんどが仮名です。**ところがよりによって天皇の称号は二人とも実在した天皇のものを使ってるのですね。**朱雀帝（天皇）と冷泉帝（天皇）です。実在した朱雀天皇は母親が藤原氏で、その父は関白。言ってみれば藤原氏の勝利を象徴するような天皇です。一方、冷泉天皇は「はじめに」でも紹介した賜姓源氏の最後のエース源高明が都を追放されたときの天皇です。つまり最終的に追放を命じたのは冷泉帝なのです。

こう言えばおわかりですよね。現実の世界では源氏に勝利した藤原系の朱雀帝と冷泉帝ですが、『源氏物語』では朱雀帝が光源氏の息子に位を譲り（藤原系が源氏系に敗北し）、譲られた光源氏の息子が冷泉帝と呼ばれる（源氏系が勝つ）という現実の世界と全く反対のことが起こっている。紫式部は明らかに藤原氏とみられる光源氏のライバルを「右大臣家（あるいは左大臣家）」としています。さすがに藤原という言葉は使いませんでしたが、天皇に関しては遠慮なしに「実名」を使っているのです。こうした方が鎮魂効果が上がると考えたのでしょう。

怨霊信仰が日本の宗教（信仰）の要であることは実は崇徳上皇（崇徳院）に関する次の五つの歴史上の事実を見れば明白です。

一、崇徳上皇が生前指を噛み切って血で自ら写経した五部大乗経《ごぶだいじょうきょう》を魔道に回向《えこう》した、と伝えられること（鎌倉文化史）。

二、崇徳上皇が「天皇家を没落させる」と遺言した、と伝えられていること（鎌倉文化史）。

三、「太平記」の日本中の怨霊が結集する場面に、その怨霊会議の首座は崇徳上皇と明記されていること（室町文化史）。

四、幕末約七百年ぶりに武士の政権である幕府から天皇の政権である朝廷に政権が戻ってくると確定した時、孝明天皇が崩御した。皇太子（のちの明治天皇）はただちに即位せず、四国の崇徳上皇陵に勅使《ちょくし》を送り上皇を流罪にした罪を詫《わ》び、その神霊を京都に帰還させた。そうした処置のあと皇太子は正式に即位し明治と改元したこと（幕末政治史）。

五、最初の東京オリンピックの開催年の一九六四（昭和三九）年、その年の九月が崇徳上皇八百年忌であったため、命日に昭和天皇は弟の高松宮を四国の崇徳上皇陵まで派遣して拝礼させたこと（昭和史）。

念のため申しますがこれはトンデモ説でもなければ、私が独自に主張していることでもなく、それぞれの時代の専門研究者なら知っているはずの常識です。四は宮内省（現宮内庁）の公式記録に残っていますし、五は当時の新聞やテレビでも報道されています。一と二は『保元《ほうげん》物語』という当時の歴史書に記録されていることです。少しわかりにくいかもしれないので解説しますと、大怨霊と化した崇徳上皇が仏教のお経の持っている功徳をすべて魔道に変えた、ということなんです。

日本人は宗教に疎《うと》いので、さらに解説しますと、こういう例を考えてみてください。西洋の魔物と言えば吸血鬼ドラキュラがそうですよね。ではそのドラキュラが自分の血を聖書に塗り付けて聖書の持っている善の力をすべて悪の力に変えるなんてことができますか？　不可能ですよね、それが常識です。しかしながら崇徳上皇がやったというのはそれです。つまり仏様よりも強い力を崇徳上皇が持っていたと、特に天皇を中心とした朝廷勢力は信じていたのです。だからこそ、崇徳上皇の死後、早い段階で鎌倉幕府が成立し、朝廷が武士の政権である幕府に政権を奪われたことを、天皇家は崇徳上皇の祟りだと考えていたのです。それゆえ四にあるように明治維新の直前こういうことが行われていたのです。もう一度念のために言いますが、これはさまざまなところに記録されている全くの歴史的事実です。

そうそう重大なことを忘れていました。後醍醐天皇は『太平記』では怨霊とされていますが、生前の天皇は仏教を深く学び中国思想にも詳しいかなりの知識人でした。しかし、彼も朝廷勢力の一員です、自らリーダーシップを取って幕府を滅ぼし北条一族を滅亡に追いやったことを、後悔はしなかったでしょうが北条一族の祟りは恐れていたようです。武士たちは敵を殺すのが当たり前ですから怨霊など信じませんが、後醍醐天皇は北条滅亡後かなり早い時期に北条一族が滅んだ場所に寺を建てさせ、最後の北条氏の当主であった北条高時《たかとき》に神としての名を贈りました。菅原道真のように神として祀り上げたのです。

ではその神としての名とは何か？　北条一族は天下を握ると自らの家系を神聖化するために本家を「得宗」と呼んでいました。そこで後醍醐はこれなら高時も喜ぶだろうと「とくそう大権現」という名を与えたのです。もちろん漢字を使ったのですが、どんな漢字かわかりますか？　実は「徳崇」、おわかりですね、「崇徳」をひっくり返したものです。これも高時を喜ばせるためでしょう。怨霊が喜べば喜ぶほど祟りはなくなりますから。

このお寺は「宝戒寺」といい今も鎌倉にありますが、**鎌倉幕府が滅亡した五月二十二日に毎年供養祭を盛大にやっています。その日だけ奥に祀られている北条高時こと徳崇大権現の木像が神輿に乗って外へ出てくるのです。**この儀式は公開されていますから、興味があれば参観できますしテレビでも放映されたことがあります。

そしてこれらの歴史上の事実を見れば、日本の天皇家は崇徳上皇の祟りを恐れていた、すなわち怨霊信仰の信者だったということは一目瞭然です。それ以外の結論は出しようがないではないですか、にもかかわらず私の愛読者は別ですが、多くの皆さんはこのことがわかっていなかったと思います。

では、なぜわかっていなかったか？　学校ではそう教えられませんでしたよね。それはそうです。「はじめに」でも申し上げた通り、日本の歴史教科書を監修している歴史学者の大先生は、すべて各時代の狭い分野の専門家だからです。「崇徳五項目」のそれぞれに歴史学界ではどんな分野で扱われるか書いておきました。歴史学者はこのような一覧で全体像を見ることがない。**ですからこうして並べてみれば一目瞭然のこともわからない。それが現実です。**

こうしたことは他にもたくさんあります。それらは『逆説の日本史』（現在27巻まで小学館で刊行中）に詳しく述べてありますが、入門編としては『コミック版 逆説の日本史』（現在5巻まで刊行中）でもいいですし、YouTubeでは「井沢元彦の逆説チャンネル」というのを展開しています。コミック版ですと『戦国三英傑編』『江戸大改革編』『幕末維新編』の3巻をこの順番に続けて読んでいただくと「歴史を全体的に見る」「歴史の流れを知る」ということが、どういうことか明確にわかるでしょう。

また日本の歴史学者は細かい事実にとらわれて、いかに視野が狭いかということは「井沢元彦の逆説チャンネル」の「日本はなぜ木造文化の国なのか」という無料動画を見ていただければわかります。日本は森林に恵まれた国だから自然に木造文化の国になったと思っていませんか？　それは明確な間違いです。日本の他にも森林に恵まれている国はありますが、木造文化の国はおそらく世界で日本だけです。

ところで『源氏物語』が書かれたこと自体、人類の常識に反する「有り得ないこと」だと説明するのに、私は「『源氏物語』というのは江戸時代なら徳川将軍家の江戸城大奥で将軍御台所に仕える奥女中が『豊臣物語』を書いたようなものだ」と述べましたね。手前味噌ですがわかりやすかったと思います。おそらく多くの人は「そう言われてみればそうだな、なぜ気が付かなかったんだろう」と思ったんじゃないかと思います。

では、ここで重大な質問をします。何故あなたはそれがわからなかったんですか？　言われてみればなるほどな、と中学生でもわかる話じゃないですか、それなのに気が付かなかったのが不思議だと思いませんか？

実はそれが日本の教育の欠陥なんです。

私は、教育というのはある程度レベルが進んだら知識だけを教えるのではなく、物を考える能力を育てるのが重要だと思っています。そのために重要なことはこういうこと。つまり本来なら中学生でも気が付いてもおかしくないことに気付くセンスを育てることなんですね。

ところが日本の教育ではそれが身につかないようになっています。そもそも日本の教育というのはペーパーテスト対応策つまり「点取り虫」や「クイズ王」を育てる教育で、過去に何があったかをできるだけ沢山知っていればそれでよしとするというものです。

これは何事も前例通りやろうとする官僚養成には有効な方法ですが、真のエリートつま

り優秀な政治家や科学者を育てるには全く向かない教育です。

なぜなら現実の世界では想定外、予想外のことが常に起きますから、そういう想定外の事態に過去の経験とか知識にこだわらず、いわば臨機応変に対応する能力を育てることこそ本当に必要な教育だからです。日本以外の世界のエリート教育というのは先進国であれ開発途上国であれそういうものです。

逆に歴史は暗記科目だなどと、考えさせることをせず、ただ年表を覚えさせるような教育をしていたら、そんな能力は絶対身につきません。日本の歴史教育というのはそういうものなんです。

だからこそ、あなたは本来なら中学生でも気が付いてよいはずの『源氏物語』の異常な点に気が付かなかったわけです。歴史を部分部分でしか見てない歴史学者には日本史の真の姿は決して捉えられません。

真の歴史は歴史学者ではなく歴史家によって伝えられるべきです。もちろんいわゆる歴史学者の中にもそうしたことに気が付いている人はいますよ。

たとえば今テレビで大人気の歴史学者、磯《いそ》田《だ》道史《みちふみ》さんは実は私と親しいのですが、最近「英雄たちの選択」などのＮＨＫ─ＢＳのテレビ番組に出演するときは、歴史学者ではなく歴史家と名乗っています。

歴史学者の中にも少数ですが、私がずっと指摘してきたことに気付き歴史の見方を広く修正しようとしている学者さんもいます。他にお名前を挙げれば本郷和人《ほんごうかずと》さんでしょうか、そういう人もいますが、残念ながら学界では異端児扱いされているのが現状です。

それを改めるのはどうしたらいいと思いますか？

あなたたちが歴史学者のいい加減な歴史に惑わされるのをやめることです。そうすれば彼らも少しは反省するでしょう。もう一度言いますニセモノの日本史に惑わされないようにしてください。

二〇二四年二月一日

歴史家　井沢元彦

〈著者略歴〉
井沢元彦（いざわ　もとひこ）
作家。1954年、愛知県名古屋市生まれ。早稲田大学法学部卒業。ＴＢＳ報道局（政治部）の記者時代に、『猿丸幻視行』（講談社）で第26回江戸川乱歩賞を受賞。退社後、執筆活動に専念する。「週刊ポスト」にて連載中の『逆説の日本史』は、ベスト＆ロングセラーとなっている。
主な著書に、「逆説の日本史」「逆説の世界史」「コミック版　逆説の日本史」シリーズ（以上、小学館）のほか、『絶対に民主化しない中国の歴史』『お金の日本史』（以上、KADOKAWA）、「学校では教えてくれない日本史の授業」シリーズ、『「誤解」の日本史』『歴史から読み解く日本人論』（以上、PHP文庫）などがある。

YouTube 井沢元彦の逆説チャンネル

紫式部はなぜ主人公を源氏にしたのか

2024年４月１日　第１版第１刷発行

著　者　　井　沢　元　彦
発行者　　永　田　貴　之
発行所　　株式会社ＰＨＰ研究所
東京本部　〒135-8137　江東区豊洲5-6-52
ビジネス・教養出版部　☎03-3520-9615（編集）
普及部　☎03-3520-9630（販売）
京都本部　〒601-8411　京都市南区西九条北ノ内町11
PHP INTERFACE　https://www.php.co.jp/

組　版　　有限会社メディアネット
印刷所　　株　式　会　社　精　興　社
製本所　　株　式　会　社　大　進　堂

ISBN978-4-569-85669-8

PHP文庫

学校では教えてくれない日本史の授業

井沢元彦 著

琵琶法師が『平家物語』を語る理由や天皇家が滅びなかったワケ、徳川幕府の滅亡の原因など、教科書では学べない本当の歴史がわかる。

PHP文庫

学校では教えてくれない日本史の授業 天皇論

井沢元彦 著

天皇のルーツは外来農耕民族、本居宣長が確立した天皇の「絶対性」など、専門家があえて触れない日本史のタブーがいま明らかになる！

PHP文庫

学校では教えてくれない日本史の授業 悪人英雄論

井沢元彦 著

道鏡は称徳天皇の愛人ではない。足利義満は暗殺された。斎藤道三は信長より早く、経済改革をしていた――英雄・悪人像の通説を覆す!!

PHP文庫

学校では教えてくれない戦国史の授業

井沢元彦 著

戦国時代の始まりは足利義教の暗殺から？
日本で地名を変えたのは信長が最初？――
戦国時代の本当のすごさは教科書ではわからない！

PHP文庫

学校では教えてくれない江戸・幕末史の授業

井沢元彦 著

幕府が開国しなかった理由、「生類憐みの令」の真の目的、朱子学が幕府を滅ぼした訳とは……教科書ではわからない「徳川300年の闇」を暴く！